— 書き下ろし長編官能小説 —

女囚捜査官
—強制発情される肉体—

八神淳一

竹書房ラブロマン文庫

目次

この作品は、竹書房ラブロマン文庫のために
書き下ろされたものです。

第一章　裏任務を受ける女

1

長瀬美月《ながせみつき》は目を覚《さ》ました。

天井が目に入ってくる。自宅の天井ではない。独房の天井だ。すでに、三ヶ月見続けていたが、慣れることはない。

起き上がると布団を折り畳み、独房の隅《すみ》に置く。すると、ブザーが鳴った。

素早く扉の前に立つ。

「五号」

と声が掛かる。

「はいっ」

と返事をする。すると扉が開いた。

屈強な男がふたり立っている。氷のような目で、それでいて、舐《な》めるように美月の肢体を見つめてくる。

美月はスポーツブラにそれと揃いのスポーツパンティだけだ。

ここでの三ヶ月間、この格好か全裸だけで過ごしていた。

スポーツブラは生地が薄く、豊満なバストの形が露骨《ろこつ》に浮き出ている。もちろん、乳首も浮き出ていた。

パンティも薄く、股間に貼り付く生地越しに、割れ目の形がわかった。

「手を」

とスキンヘッドの男が言う。

美月は素直に両手を前に出す。ここで逆らってもまったく意味がない。

ほっそりとした両手首にがちゃりと手錠が嵌《は》められる。こんなことをしなくても、脱走したりしないと思うのだが、必ず手錠を嵌められる。

「歩け」

とスキンヘッドの男が命じる。

美月が廊下を先に歩く。その後を、ふたりの看守がついてくる。

パンティが貼り付くヒップに、痛いくらいの視線を感じる。もう三ヶ月も見ているはずなのに、毎日、初めて目にするようなねばついた視線を向けてくる。

美月はすらりと伸びた長い足を運んで廊下を進む。そして、浴室と書かれたプレートが貼られたドアの前で止まる。

手錠を嵌められた両手を伸ばし、ドアのノブを摑《つか》む。そしてひねり、押していく。

脱衣場に入る。そこにスキンヘッドと小太りの看守も入ってくる。スキンヘッドは三十くらいで、小太りは五十くらいだ。

今日はスキンヘッドがスポーツブラを脱がせてくる。小太りがパンティを下げる。

たわわに実った乳房とぷりっと張ったヒップ、そして、わずかな恥毛に飾られた割れ目が同時に露《あら》わとなる。

この三ヶ月、毎日、こうしてふたりの手で裸にされている。毎日見ているはずなのに、男たちの目がねっとりと美月の乳首と割れ目にからんでくる。

三ヶ月、毎日見ても飽きないのだろうか。

「行け」

とスキンヘッドが言い、美月は全裸のまま奥へと進み、ガラス扉を開く。そして閉じると、手錠を嵌められた両手を万歳するように上げていく。

すると、形良く張っている乳房の底が持ち上がり、腋《わき》のくぼみが露わとなる。腋のくぼみは手入れが行き届いていた。囚人とは思えない腋のくぼみだ。正面から水が噴き出してくる。上、真ん中、下と三カ所から水飛沫《みずしぶき》が噴き上がり、美月の裸体を洗いはじめる。

乳輪に水流を受けて、ぷくっと乳首が芽吹きはじめる。

腋の下、乳房、お腹、恥毛、そして太腿《ふともも》と水流を受ける。

美月は両腕を上げたまま裸体を回して、くびれたウエスト、そしてヒップにも水流を受けた。

噴き出しが止まった。美月は全身から水滴《すいてき》を垂《た》らしつつ、脱衣場に戻る。

そして、手錠を嵌められた両腕を上げると、小太りの看守がタオルで水滴を拭《ふ》いていく。

その時、乳房を強くこすってくる。いつものことだったが、今日は、びりりっと快美な刺激を覚え、思わず、あんっ、と声をあげてしまった。

すると小太りの看守がにやりと笑う。

こんな奴のタオルこすりで、甘い声をあげてしまったことを悔やむ。

美月は以前に、人身売買組織を壊滅《かいめつ》させる任務を負い、その最終段階で組織のアジトに乗り込んだことがある。そこで、可愛がって育てていた部下の千里《ちさと》が代議士の迫田《さこた》に犯されるのを見てから、不感症になっていた。セックス自体を嫌悪するようになっていたのだ。

が、この特殊な刑務所に収監されてから、なぜか、からだの感度が上がってきているような気がしていた。

今までの美月なら、乳首をタオルでこすられても感じることなどなかったのだ。が、日に日に感じやすくなっている気がする。

恐らく、食べ物になにか仕込んでいるのだろう。媚薬《びやく》のようなものか。が、食べ物を残すことはゆるされず、出されたものはすべて食べるしかない。

新しいパンティを、スキンヘッドが穿《は》かせてくる。そして、新しいスポーツブラをつけられた。

「よし、行け」

小太りの看守がぴしゃりと美月の尻たぼを張った。

「触るなっ」

と思わず、美月は小太りの看守をにらみつける。すると、小太りの看守が腰を引く。蹴りを恐れているのだ。

すでに二度、小太りに蹴りを入れていた。一度はあごに、もう一発は腹に。二度とも一撃で、小太りは崩れた。

そのたびに、美月は罰を受けた。罰は素っ裸にされ、手首に縄を巻かれ、万歳の形で天井から吊されるというものだった。

ぎりぎり足の先が床につく状態で、三十分吊された。

つらかったが、罰としては中途半端なものだった。


美月は浴室を出た。廊下を歩く。奥が食堂である。

食堂とはいっても、十畳くらいの部屋だ。すでに一人、囚人がいた。三号だ。

そう呼ばれている女、ということしか知らない。ボブカットが似合う美形だ。美月同様、スポーツブラにパンティ姿をしていて、高く盛り上がった胸元が目立つ。

美月の髪は漆黒のロングだ。ショートにして欲しい、と言ったが、なぜか髪を切ることはゆるされなかった。

美月は人を二人殺し、懲役刑をくらっている。だからここは間違いなく刑務所のはずだ。だが、ここは美月の知っている刑務所とはまったく違っていた。

刑務所というより、養成所と言ってよかった。

二週間前まで一号と二号もいた。が、ふたりとも、消えていた。服役が終わっていなくなったのではないように感じる。なにかの使命を受けて消えた気がした。そして二週間経っても戻ってきていない。

一号も二号もなかなか格闘技に長《た》けていた。三号同様、美形だ。美月も美形だった。幼い頃より、美人美人と言われて育ってきた。学生の頃から格闘技はやっていたが、警察官になりたい、と言うとまわりは皆、驚いた。

美人なのにもったいない、とよく言われた。なにがもったいないのだろうか。

三号とは離れたテーブルに座った。するとすぐさま、朝食を載せたトレイが運ばれてきた。きちんとした和食だ。質素すぎる刑務所の朝食とはまったく違った。

食事をすますと、トレーニング室に入る。そこでメニューに従ってみっちりトレーニングをする。いわば、これが美月にとっての刑務だった。

ひととおりを終え、ストレッチを入念にやっていると、三号もやってきた。

三号も美月と同じスポーツブラに揃いのパンティだけだ。抜群のスタイルで、スポーツブラとパンティがよく似合っていた。

ストレッチが終わると、三号と素手で戦う。

パンチは寸止めだ。絞め技はゆるされている。からだにアザが残ることをいやがっているとことがわかった。

三号はなかなか手強《てごわ》かったが、美月の相手ではなかった。二度首絞めで落とし、三度腕ひしぎを決めた。

午前中いっぱいのトレーニングを終えると、ドリンクを渡される。プロテインの味がしたが、この中に媚薬が仕込まれているのかもしれない。

トレーニングを終えると、すぐさま手錠を嵌められ、また、看守の前で全裸にされ、シャワーで汗を流す。

そしてまた、看守の手で水滴を拭かれる。が、今度は裸のまま廊下に出る。

廊下を奥へと進み、食堂、トレーニング室の横を通ると、エステ室に入る。そこに、ピンクの服を着たエステティシャンが待っている。

刑務所にエステ室。

初めて入った時は驚いた。裸のまま、ベッドに仰向《あおむ》けになる。そして両腕を上げて、腋の下を晒《さら》す。手錠と手錠を繋《つな》いでいる鎖がジャラリと鳴る。

腋の下に産毛《うぶげ》がないかを見て、エステティシャンは美月の裸体にオイルを掛けてくる。そして二の腕からバスト、お腹や太腿にオイルを塗《ぬ》り込みながら、マッサージしてきた。

　この時も、美月のからだは反応してしまう。乳房のマッサージを受けると、乳首がぷくっとしこり、恥部のそばに手が伸びると、割れ目の奥が疼《うず》いた。

　美月はこの刑務所に収監されてから、肌が艶々《つやつや》してきていた。

　女として磨《みが》きあげられているのを知り、もしかして、どこかに売られるのでは、と思ったが、警察がそんなことをするわけがないと思うと、何か別な目的があって磨かれているのかもしれないと考えはじめていた。

　エステを終えると、そこで、あらたにスポーツブラとパンティを身につけされられ、廊下に出た。ふたりの看守が待っていた。

　廊下を歩き、独房へと戻る。

　すると、背後から、五号っと所長に呼ばれた。

　週に一度、所長室に呼ばれ、点検と称して、身体の隅々まで鑑賞《かんしょう》された。割れ目を開き、媚肉《びにく》を見るだけでなく、尻の穴まで鑑賞してきた。

　所長、そしてふたりの看守と共に、所長室に向かう。また、これから、割れ目の奥まで晒すのだと思うと、おぞましさと共に、からだの奥がせつなく疼きはじめる。

　ああ……私のからだ……どうなっているのか……。

　所長室の前に立った。なぜか、所長がドアをノックした。入れ、と中から声がした。

その声を聞いて、美月はドキリとすると同時に、なるほど、と納得した。

2

美月だけが所長室に入った。

「元気そうだな」

とソファーに座っている男がそう言った。黒のスーツを着ていた。きちんとネクタイを締めている。ネクタイを締めている男を三ヶ月ぶりに見ていた。

「班長は、お疲れのようですね」

と美月が言うと、そうか、と特別捜査班班長の宗政《むねまさ》はあごを撫でた。

宗政はかつての上司であった。いや、もしかして、今も上司ということになるのか。

「半グレをひとつ壊滅させて欲しい」

と宗政はいきなり用件を切り出した。

「私は懲役刑を受けている身です」

「工藤《くどう》に会いたくないか」

「………」

工藤千里。以前の美月の部下だ。彼女はかつて、人身売買組織を壊滅させる捜査の中で敵に囚われて、容赦のない凌辱《りょうじょく》を受けた。

「今は、交通安全課にいる。捜査官への復帰を望んではいるがな」

「そうですか……」

美月の脳裏に、でっぷり太った迫田に組み敷かれている千里の恥態が、とても生々しく浮かぶ。

特別捜査班の任務中に連絡が途絶えたあと、アジトに乗り込んだ美月に救出されるまで、千里は迫田の慰み者にされていたのだった。

「黒龍という半グレグループがあって、ちまちま捕まえてはいるんだが、勢力が衰えるどころか、拡大しつつあってな。最近は、人身売買にまで手を伸ばすようになっているんだ」

「人身売買!?」

美月の目の色が変わる。

「まさか、迫田の息が掛かっているんじゃないでしょうね」

誰よりも可愛がっていた部下を嬲りものにした迫田を、美月は火を吹くように憎んでいた。

「いや、これは迫田は関係ないだろう」

「迫田はどうしているんですか」

「議員は罷免《ひめん》になったよ」

「当たり前でしょう。それで……」

「行方知れずだ」

「捕らえていないのですかっ」

美月が迫田とつながりのある人身売買のアジトを襲撃し、千里を助けた際に、肝心の迫田には逃走されていた。人身売買組織は壊滅し、関係者は裁きを受けたが、その間も迫田だけは検挙出来ていなかった。

悲観して自殺したという噂も流れたが、そんなこと、美月は信じていなかった。迫田が自殺などありえない。迫田は殺しても死なない男だった。

「残念ながらな……」

「私が捕まえますっ。私を迫田専従にしてくださいっ」

「黒龍壊滅が先だ」

「班長っ」

「黒龍を壊滅したら、迫田を追わせてやる。それでどうだ」

「一号と二号はどうなったんですか」

宗政の目をじっと見つめ、美月は聞いた。

「懲役が終わったのだろう」

「うそ……」

一号も二号も、なにかの使命を受けて、そして死んだのだろう。もしかしたら、黒龍に潜入して、消されたのかもしれない。

「いずれにしても、おまえに選択肢はない。これは命令だ」

「ということは、私はまだ特別捜査班に籍があるということですかっ。日々のトレーニングとエステは、極秘任務のためですか」

「そうだ」

「一号、二号、そして三号も捜査官なのですか」

「そうだ」

美月は迫田の手下をふたり殺した罪で、四年の懲役をくらっていた。警察として働いただけだったが、執行猶予はつかなかった。

執行猶予がつかなかったのは、こういうことか。

正当な手段ではなかなか壊滅出来ない組織を、裏で秘かに処理するために、この刑務所という名の養成所が作られたのではないのか。

美月も捜査官の端《はし》くれだ。正義感はある。なにより、女性を商品のように扱《あつか》い、おのれの牡《おす》としての欲望のためだけに使う悪党が嫌いだ。

確かに今、半グレは勢力を広げている。暴対法で手足を縛られた暴力団に代わって、あらゆる場で力を付けている。

黒龍もそうだろう。しかも人身売買に力を入れようとしているという。

人身売買。黒龍を探れば、迫田の足取りを摑めるかもしれない。裏の世界は狭い。どこかで迫田に繋がっているのは充分考えられた。

「褒美は？」

と聞いてみた。

「一年減刑だ」

本気かどうか知らないが、宗政はそう言った。

「わかりました。黒龍を壊滅してみせます」

「よし」

宗政がぱんっと手を叩いた。ドアが開き、失礼します、と女が一人入ってきた。白衣姿だ。

女は注射器を一本手にしていた。

「これは、おまえの力を五倍ほどにアップさせる薬だ」

「力をアップ……」

「そう。一人で黒龍に潜入して、ナンバーワンからスリーまでをやって欲しい」

「やるというのは？」

「決まっているだろう、始末するということだ」

「新たな罪を犯せば、一年減刑されても、結局刑期が増えるだけなのでは」

「これは裏の仕事だ。おまえがやったことは決して公《おおやけ》にはならない。おまえは普通の社会にはいないはずの身なのだから。黒龍が内部闘争で壊滅したことになる。だから、いくらやっても、懲役が増えることはない」

美月はナースを見た。表情ひとつ変えない。白衣を着ていたが、この女も警察に属しているのかもしれない。看護師の資格を持っているのだろう。

「これは、どこが開発した薬ですか」

「国だ」

「国……」

「おまえも迫田の件で思い知っただろう。法に則《のっと》った正当な手段だけでは、正義は遂行できないと。悪党をこの世から消すには、非合法なことも必要悪だと」

美月はうなずいた。

「国が私のような捜査官を作るために、薬を開発しているということですか」

「もちろん、これも公のことではない」

「そうですか……」

「ただ、この薬には副作用があってな。戦い、身体が熱くなるほど、発情してくる」

「発情……」

小太りにタオルで乳首をこすられた時に感じたことを思い出す。

「一号、二号はその症状が出た。二日以内に戻ってきて、中和剤を打たなければ、セックスのことしか考えられず、組織を壊滅するどころか、男を求め続けるだけの牝《めす》に堕《お》ちてしまう」

「一号も二号も、今は牝に堕ちているんですね」

刑期が終わったのでもなく、消されたわけでもなかった。

「おそらくな。一号はほぼ間違いなく、いき死にしている」

「いき、死に……」

ナースの顔が強張《こわば》る。

「いき過ぎて、心臓の負担が限界を超えて……死を迎える」

警察官になった時に、殉職は覚悟していたが、そんな死に方は嫌だ。

「まだ開発途中でね。それに薬には副作用がつきものだ」

「私たちはモルモットということですか」

宗政は否定しなかった。

「ここの食事にも、なにか媚薬のようなものを入れていませんか」

「ほう、おまえにも効いてきたか」

宗政がにやりと笑い、スポーツブラとパンティだけの美月の肢体を舐めるように見てきた。

宗政が美月をこんな目で見るのは初めてだった。もしかして、エステの効果が出ているのか。私のからだは男を虜《とりこ》にするようになっているのか。

宗政にねっとりと身体を見られて、股間の奥が疼いた。そんな自分自身の反応に、美月は戸惑っていた。

まだ、副作用で発情する注射は打たれていないのだ。ここで三ヶ月間、少しづつ仕込まれた媚薬でも、かなり反応が出ているということか。

「同時に、ＧＰＳ発信器を打たせてもらう」

「拒否したら」

「拒否する意味があるのか。任務を終えれば、刑期が短くなるんだぞ。黒龍を壊滅した後は、迫田を追えるようになるんだぞ」

美月に逃げられれば、国が非合法で運営しているここの施設や、薬物のことが明るみに出る恐れがある。GPSで常に居所を摑んでおきたいのは、普通だとも言える。

「やります」

と言って、美月は左の二の腕をナースに突き出した。ナースはちらりと宗政に視線を送り、宗政がうなずくと、注射針を刺してきた。

開発途中の、強い副作用を持った液体が、美月の中に入っていく。

宗政が立ち上がり、美月のそばにやってきた。上着のポケットから小さなピストルのようなものを取り出すと、背後にまわる。

背中に流れている黒髪を掻《か》き上げられ、それだけで、ぞくぞくしたものを感じた。うなじにピストルを当てられた次の瞬間、うなじの中になにかが打ち込まれるのを感じた。

「よし。行け」

美月は上司をひとにらみすると、背中を向けた。

3

その日の夕方——美月は黒龍が勢力を広げている繁華街に来ていた。

黒龍はそもそも女をナンパして、それをまわして楽しむグループがはじまりだったという。

翔平《しょうへい》、拓也《たくや》、悠斗《ゆうと》の三人ではじまったが、仲間が一人増え、二人増え、あっという間に二十人ほどになったらしい。その頃から、ナンパだけではなく、女を攫《さら》うようになっていた。

もちろん、攫うのは犯罪である。が、不思議なもので、犯罪を犯すようになってからグループとしての結束は強くなり、勢力を広げるようになってきた。今は、四十人ほどのメンバーがいるらしい。

成り立ちがそれだから、女好きが集まっている。しのぎも女がらみばかりだ。

黒龍が拠点にしている街は、元々、ヤクザの大和会《やまとかい》が仕切っていた街だ。暴対法で手足をもがれている間に、黒龍が我が物顔で支配するようになっていた。

もちろん、半グレと暴力団のいざこざは耐えないが、しょせん、雑魚《さこ》同士の争いに過ぎない。

美月は時計を見た。１７５２という現在の時刻が出ている。文字盤の下のボタンを押すと、４２００という数字が出る。

あと四十二時間で、牝化するということだ。

四十二時間以内に刑務所に戻って、中和剤を打たなければならないということだ。

本当に力が五倍にアップしているのだろうか。それが知りたい。

美月は橋の上にいた。いわゆるナンパ橋と言われていて、ちゃらちゃらした男たちが、女を求めてうろうろしている。美月はそんな男を見るだけで殴りたくなるが、この世には自分からそんな男の毒牙にかかろうとする女は、いくらでもいる。

実際《じっさい》、あちこちでナンパやスカウトが成功していた。

が、美月には誰も声を掛けてこない。

美月は黒のタンクトップの上にレザーのブルゾンを着て、黒のレザーパンツを穿《は》いていた。ストレートの黒髪が風になびいている。

ぷりっと張ったヒップラインが、ぴちぴちのレザーパンツ越しに強調されている。

美月は生まれて初めてこんなラフなファッションをしていたが、意外と似合うことに気づいていた。このかっこうは、宗政の指示だ。すべて用意してあった。

やはり警戒されている。すでに一号と二号が黒龍に潜入し、牝化されているのだ。一号はいき死にしているという。

美月はどこからどう見ても、一号や二号の仲間に見えるだろう。一般人が見ても、判別出来ないかもしれないが、半グレから見たら、やばい女にしか映らないのかもしれない。

とは言っても、皆、女好きの男たちだ。いい女には目がないはずだ。

美月はレザーのブルゾンを脱いだ。

黒のタンクトップに包まれた上半身があらわれる。その瞬間、ナンパ橋にいる男たちの視線が、一斉に美月に集まった。

白い腕はほっそりして、ウエストも折れそうなほどくびれていたが、胸元は見事なボリュームを見せていた。ロケットのようにとがっている。

ふたりの男が近寄ってきた。一号二号と同じ匂いがする女だとわかっていても、近寄らずにはいられないのだろう。

「暇《ひま》してる？」

茶髪のイケメンが聞いてきた。スカウトだろう。

「誰かと待ち合わせ？」

こちらは金髪だ。

「翔平に会わせてくれるなら、付き合ってもいいわ」

二人と目を合わせながら、美月はそう言った。

イケメンは心当たりがなさそうにきょとんとしているが、金髪のほうが笑顔を引きつらせた。

美月は金髪の顔へと美貌を寄せた。彼はすでに、美月の美貌に圧倒されている。

「会わせてくれる？」

「翔、翔平さ、さんに……会いたいのか」

「会いたいわ」

「ただってわけにはいかないぜ」

「わかっているわ」

美月は橋の上で、皆が見つめる中、金髪の頰《ほお》をぺろりと舐めた。

金髪の身体ががくがくと震える。

「さあ、連れて行って」

「い、いいだろう。付いてきな」

と言うと、金髪が先に歩きはじめた。美月は後に従う。橋を渡るとすぐに右手に曲

がった。金髪が美月と並び、

「翔平さんに会ってどうするんだ」

と聞いてきた。

「女にして欲しい、と頼むわ」

と美月は答える。

「お、女……翔平さんの趣味を知っていて、言っているのか」

「どんな趣味なの？」

「知らないのか」

「知らないわ」

「それならやめた方がいい……」

「私、強い男が好きなの。黒龍を仕切っている男でしょう。入れられるだけで、きっと、すぐにいくわ」

「翔平さんはもう、やりまくっていて、普通のエッチじゃぜんぜん満足出来ないんだよ。それに普通のいい女にも興味がないんだ」

「どんな女に興味があるのかしら」

裏通りに入っていた。飲み屋が入っているビルが並び、そろそろ営業を開始しようかという雰囲気だった。

「強い女さ。強い女を牝にするのが、翔平さんの趣味なんだよ」

と金髪が言い、さっと下がった。と同時に、近くのビルから、ぞろぞろと五人の男たちが出てきた。

ちょうど良かった。注射の効果を試すには絶好のチャンスだ。

「あんた、里沙《りさ》の仲間かい？」

筋肉の塊のような男が聞いてきた。

「りさ……」

「違うのかい。じゃあ、美奈《みな》の仲間かい」

「さあ、どうかしら」

「美奈は死んだぜ。いきながらな」

そう言って、他の仲間と笑う。どうやら、一号は美奈というらしい。二号が里沙か。

「いくいくっ、と叫んで、白目を剝《む》いてあの世往《よい》きさ」

「翔平がやったのかしら」

「そうだ。翔平さんのち×ぽでいきやがった。まさに昇天さ。まあ、幸せな最後だったろうさ」

「私も翔平のち×ぽでいきたいわ」

「そうかい。翔平さんは強い女が好きなんだよ。今気に入ってるのは女の捜査官だな。あんたもそうなんだろう」

「捜査官を殺してただで済むと思っているのかしら」

「殺しちゃいないぜ。いき死にだよ。いきながら、勝手にあの世に往っただけさ」

なるほど、確かに殺人ではない。まさに勝手に往っただけだ。

「あんたが翔平に会わせてくれるのかしら」

「それには試験があってな」

筋肉の塊がそう言う。

「試験？　あんた、試験なんて嫌いでしょう」

「そうだな。嫌いだ」

「じゃあ、試験無しで会わせてくれないかしら」

それは無理だ、と言って、筋肉の塊が目配せした。

いきなり背後から殺気を感じた。美月は振り返りざま、ハイキックをドクロのＴシャツを着た男に見舞った。

それはうまく、Ｔシャツ男の額にヒットした。

ぎゃあっ、と叫んだTシャツ男が吹っ飛んだ。

これには、キックを見舞った美月が一番驚いたが、まわりを囲む半グレたちは別に驚いていなかった。恐らく、一号も二号も恐ろしいパワーを見せていたのだろう。

まあ、その副作用がいき死にでは困るが。

「死ねっ」

と真横から角棒を持った男が殴り掛かってきた。手加減無しの本気の殴りだ。

美月はぎりぎりまで引きつけてかわした。美貌の横で、びゅっんと角棒が空《くう》を切る音が響く。

かわしてすぐさま、がら空きの腹にパンチを埋め込んだ。握り拳が男の腹にめりこみ、一撃で男が泡を吹いて背後に倒れていった。がつんとアスファルトに後頭部を打ち付ける。

美月はハイになっていた。この薬はかなり効く。確かにかなりパワーアップしている。美月の身体自体が武器になっていた。

残りの三人を見回す。美月のパワーは予想していたのだろうが、皆、目の当《ま》たり《あ》にして、腰が引けはじめている。

美月の方は、おのれの力に酔いつつあった。壊滅していい半グレたちだ。残りの三人も叩きのめしてやる。

美月の方から、筋肉の塊に向かった。するとまた、背後から殺気を感じた。細身《ほそみ》の男が跳び蹴りを見舞ってきた。

うなじにヒットすると思ったが、その直前で、体をかわし、下から股間にパンチをめり込ませていた。

ぎゃあっ、と細身の男は宙で絶叫し、ハイキックのポーズのままアスファルトに落ちた。口から泡を吹き、白目を剥いている。

パワーはもちろん、動きが恐ろしく敏捷《びんしょう》になっていることを知る。もう素手《すで》の戦いでは無敵だと思った。

全身を流れる血が物凄く活性化しているのがわかる。

美月は再び、筋肉の塊に向かっていく。美月を生け捕りにすることが使命なのか、逃げることはせず、パンチを繰り出してきた。が、美月にはそれがスローモーションのように見えた。

さっとくぐり抜け、懐《ふところ》に入るなり、股間に膝蹴りを見舞った。袋がつぶれる感触を覚えた。筋肉の塊も泡を吹き、美月に抱きついてきた。

並の女なら、そのまま押し倒されるところだったが、美月は抱えたまま、背後に投げていた。バックドロップだ。リングではなく、アスファルトに投げ出され、筋肉の塊も完全に伸びた。

「ち、ちきしょうっ」

一人残ったスキンヘッドの男はそう叫ぶと、踵《きびす》を返した。

生け捕りにしないで逃げ帰られたのでは、美月としても都合が悪い。

「あんたっ」

と美月は金髪に目を向けた。

金髪は物陰にしゃがんだままだ。もしかしたら腰が抜けているのかもしれない。

美月の方から近寄っていく。そして金髪を摑むと、ぐっと引き上げた。

そして、唇を金髪の口に押しつけていった。ぬらりと舌を入れて、金髪の舌にからめていく。

「う、ううっ」

と金髪がうめく。

美月は舌をからませつつ、金髪の股間に手を伸ばし、摑んだ。そこは見事に硬くなっている。

美月は唇を引くと、

「したいの。いいかしら」

と金髪に聞いた。

金髪は信じられないという顔のまま、うんうん、とうなずいた。

4

近くに安っぽいビル型のラブホがあった。

受付の真横の部屋に入るなり、美月は金髪をベッドに押しやった。そして、レザーパンツを脱いでいく。

黒のパンティが貼り付く恥部が露わとなる。

白い太腿があらわれ、ふくらはぎがあらわれるのを、金髪は呆然と見つめている。

「なにしているの。やるのよ。ち×ぽ出しなさい」

「や、やるって……本気なのかい」

「本気よ。やりたくて仕方がないの」

「あ、あれの副作用だな……」

「あんた、一号と二号、いや、美奈と里沙を知っているの？」

レザーパンツを足首から抜きつつ、金髪に聞く。

「ああ、知っているよ。俺が世話をしているからな」

「世話を……」

「美奈は確かにいき死にしたよ。里沙はまだ生きている。おま×このことしか頭にない。俺を見ても、おち×ぽください、入れてください、いかせてください、としか言わないんだ」

あの二号が……。

「あんたら、警察の人間なんだろう。翔平さんをパクりたいんだろう。無理だよ。絶対無理だ。いき地獄にあって、いき死にするだけだ。あんた、すぐに逃げた方がいい」

美月は黒のパンティも下げていった。

美月の陰りは薄く、ヴィーナスの恥丘にひと握りの恥毛があるだけだ。だから、すうっと通ったおんなの割れ目は剝きだしだった。

それを見て、金髪がにわかに鼻息を荒くさせる。

美月はベッドに近寄る。

「や、やるのかい……本当に俺なんかのような下《した》っ端《ぱ》とやるのかい」

「下っ端でも、ち×ぽはあるでしょう」

と言って、美月は金髪の目の前でタンクトップをたくしあげていく。

すると贅肉《ぜいにく》の欠片《かけら》すらないお腹があらわれ、チューブブラに押さえつけられた胸元があらわれる。

美月はベッドに上がると、座っている金髪を仰向けに押し倒し、すらりと長い足でその腰を跨いだ。そして、チューブブラを毟《むし》るように取った。

ぷるるんっと豊満な乳房があらわれ、金髪がおうっとうなった。

「でけえっ、ああ、おっぱいでけえっ」

美月は金髪のジーンズのベルトを緩《ゆる》め、ブリーフと共に下げていった。すると、弾《はじ》けるように勃起《ぼっき》したペニスがあらわれた。すでに先端は先走りの汁で白くなっている。

「あら、いいち×ぽしているじゃないの」

「そ、そうかい。俺のち×ぽ、いいのかい」

「いいよ。よく言われるでしょう」

「い、いや、わからないよ……」

「わからない？」

「だって、俺、その……」

金髪が急にもじもじしだす。

「どうしたの。もしかして、あんた、童貞なのかしら」

そう問いつつ、美月は天を突いているペニスを逆手《さかて》で握ると、剝きだしの割れ目に押しつけていく。

「ま、まさかっ……」

金髪の目は、鎌首《かまくび》を咥《くわ》えようと開いた割れ目に釘付けだ。

「あ、ああっ、入っていくっ」

金髪が叫ぶ中、美月の割れ目が開き、鎌首を呑み込んでいく。

「あうっ、うんっ」

美月は腰を落とし、一気にペニスを咥えこんだ。そして、腰をうねらせはじめる。

「ああっ、ああっ、おま×こ、おま×こっ、ああ、うそだろうっ」

「やっぱり初めてのようね。名前、教えて。私は美月よ」

「み、美月さんか……俺は、あっ、あああっ、おま×こ、よすぎるっ」

金髪は歓喜の声をあげている。

美月はたくましいペニスを貪《むさぼ》り食うように腰をうねらせ続ける。

「ああっ、そんなに締めたらっ、ああ、出そうだよっ」

「うそっ、今、入れたばかりじゃないのっ」

「ああ、だって、おま×こ、おま×こ、気持ち良すぎるよっ」

金髪が叫ぶ。すぐに出されても困るが、もう美月は腰のうねりを止めることが出来なかった。とにかく、鋼《はがね》のペニスをおんなで感じていたかった。

「我慢しなさいっ。男でしょう」

「ああ、だって、すごいんだっ。おま×こって、こんなにいいのかいっ」

「出したら、殴って鼻をつぶすわよっ」

と言って、美月は拳《こぶし》を上げる。すると、ひいっ、と金髪が息を呑み、びんびんだったペニスが萎《な》えそうになる。

「だめっ、大きくさせたままよっ」

と言うと、美月は股間を上下に動かしはじめた。

「ああっ、それだめだよっ、ああ、ち×ぽがっ」

萎えそうだったペニスが瞬《また》く間に鋼を取り戻したのは良かったが、かなり気持ちいいようで、出そうだよ、と連呼している。実際、爆発しそうな感じだった。

「もうだめだっ。我慢出来ないよっ」

金髪が半泣きで訴える。

「突いてっ、出すなら、思いっきり突いてっ。男を見せなさいっ」

「あぁっ、これでどうだっ」

と金髪が力強くペニスを突き上げてきた。ちょうど、美月が腰を落とす瞬間に、突き上げられ、媚肉の中で強烈な摩擦《まさつ》が起こった。

「いいっ！」

と美月は歓喜の声をあげ、跨がった裸体を震わせた。

「おうっ、ち×ぽがっ、ちぎれるっ。出る、出るっ、おうおうっ」

金髪が雄叫《おたけ》びをあげつつ、噴射させた。凄まじい勢いでザーメンが噴き出し、美月の子宮を直撃する。

「い、いくっ」

美月もはやくもいっていた。こんなことは生まれて初めてだった。パワーアップの副作用はかなり強力のようだ。

ペニスの脈動はまだ続いている。子宮にあらたなザーメンを感じるたびに、美月はううっと裸体を震わせた。

美月は上体を倒していく。

「す、すいません……もう、出してしまって。あ、あの、殴らないでください。鼻つぶされたら……」

　美月は金髪のあごを摘《つ》まみ、初めてまじまじと顔を見た。

「あら、可愛い顔しているのね」

「そ、そうですか……そんなことを言われたの、初めてです……」

「女の身体も初めてだったのよね」

「は、はい……」

「粋《いき》がっているだけね」

「いや、その……」

「金髪似合わないわよ。そうねえ。黒く戻して短髪にしなさい。さっぱりするの。その方が似合うわ」

「そ、そうですか……」

「黒龍のメンバーだから、やりまくっているかと思っていたわ」

「そんな……逆ですよ」

「逆？」

「モテないから、女に縁《えん》がないから、黒龍に入れば、モテるかなと思ったんです。まだ、アンダーですけどね」

「アンダー？」

「正式メンバーじゃないんです」

「正式メンバーじゃないのに、捕らえた女の世話をしているのね」

「飯作るの得意なだけです」

「ふうん」

美月は腰をうねらせはじめる。金髪のペニスは大量のザーメンを出したにもかかわらず、勃起させたままだったのだ。

「ああっ、美月さんっ」

金髪がうめく。童貞を捧げて、すっかり美月に懐《なつ》いている。

「名前は？」

「ああ……健太《けんた》です」

「健太ね。これからよろしくね」

「えっ、よろしくって……これからって……」

美月は再び、股間を上下させていく。さっきはいったが、もちろん満足していない。いつもの美月なら一度いけば、それで終わりだったが、からだは燃え上がったままだ。

「ああ、なにじっとしているのっ、ああ、突くのよっ、ち×ぽは突くためにあるのよっ、健太っ」

「はいっ、突きますっ。これからよろしくおねがいしますっ。ああ、ずっとおねがいしますっ」

健太が突き上げはじめる。

「あうっ、うんっ」

さっきまで童貞だったかもしれないが、ものは良かった。早漏《そうろう》だったが、そのぶん復活もはやい。抜き差ししているうちに、充分な勃起を取り戻していく。

「ああっ、いいわっ、硬いわっ。いいおち×ぽよっ、健太っ」

「ああ、ありがとうございますっ、美月さんっ」

「童貞卒業してから……ああ、ずっと敬語ね……変な健太」

美月の方は、呼び捨てだ。

「ああ、なんか自然に敬語になってて……あ、ああっ、おま×こ、おま×こって、最高ですねっ、美月さんっ」

健太の腰の動きが力強くなってくる。垂直に、激しく美月の媚肉をえぐってくる。

健太のペニスは反《そ》り具合が良かった。美月のおんなの穴と相性がいい。

「ああっ、いいわっ、健太のおち×ぽ、いいわっ」

「そうなんですかっ、ああ、美月さんのおま×こ、最高ですっ」

「最高って、ひとつしか知らないでしょう」

「ひとつでも最高ってわかりますっ」

さっき出したばかりというのもあるのか、健太がぐいぐい突き上げてくる。

「いい、いいっ……ああ、ああっ……」

「また、出そうですっ」

「うそっ……」

「ゆっくりにしたらだめですよね」

「だめっ、そのまま強く突いていてっ」

わかりましたっ、と健太が生意気にとどめを刺すように、ずどんっと突き上げてきた。その瞬間、美月の脳天で歓喜の火花が散った。

頭が真っ白になる。

「いくっ」

と短く告げて、汗ばんだ裸体を痙攣《けいれん》させた。すると、出ますっ、と叫び、健太が射精させる。子宮にあらたなザーメンを受けて、美月は続けていった。

「あううっ、いくいくぅっ……」

いまわの高波に攫われていると、安っぽいドアが蹴破られ、男たちが入ってきた。

続けていった直後ということもあり、美月は咄嗟《とっさ》に動けなかった。

しかも、二発出しても、健太のペニスは勃起したままで、見事に美月の穴を貫《つらぬ》いていた。

咄嗟に立ち上がることも出来ず、ベッドに飛び乗ってきた半グレの膝蹴りを、もろにうなじに受けた。

「ぐぅっ」

一撃で、意識がぶっ飛んだ。

さらにうなじに蹴りを受け、健太と繋がったまま、美月は健太と重なるように倒れていった。

5

腕に痛みを覚え、美月は目を覚ました。

目の前にはソファーがあり、そこに、黒龍のナンバーワンである翔平が座っていた。

「二号……」

翔平は裸だった。その足元に同じく裸の女がしゃがみ、股間に顔を埋めていた。こちからは後ろ姿しかわからなかったが、二号だとすぐにわかった。

二号と呼ぶと、上下に動かしていた顔が止まった。そしてまた動きはじめる。

「あんたは三号かい」

と翔平が聞いた。

翔平のまわりには、十人ほどの男たちがそれぞれ、適当に座っていた。新たな獲物見たさに仲間が集まってきているのだろう。

翔平を筆頭に皆、若い。翔平で二十五だと聞いている。童貞を奪った健太も二十歳そこそこだった。他の連中も二十代前半がほとんどだろう。

皆Tシャツかタンクトップにジーンズ姿だ。そして皆、両腕を万歳の形に吊り上げられている美月の裸体を見つめている。

ラブホで失神してから、裸のままここまで連れてこられたようだ。

「どうなんだい。三号かい」

と翔平がもう一度聞く。

美月が黙っていると、翔平があごをしゃくる。

すると、ホースを持った男が迫ってきた。別の男が脇から剝きだしの股間に手を伸ばし、割れ目を開く。すると、そこから健太の二発分のザーメンがあふれてきた。

「どうだい、健太。女捜査官のおま×こは良かったか」

と翔平が聞くと、美月の足元から、

「良かったです」

と声がした。見ると、健太も裸のままだった。正座している。どうやら責めは受けていないようだ。むしろ、ペニスで美月の動きを封じていた功労者か。

「しかし、たっぷり出しやがったな」

「すいません……」

「初めてだろう」

「えっ……」

「おまえが童貞くらい、見ればわかるさ」

「すいません……」

となぜか、健太は謝る。

「謝ることはないぜ、おまえのち×ぽで立派に女捜査官を捕まえていたんだからな」

やはり功労者のようだ。

「すいません……」

と健太はひたすら謝っている。下っ端の性根が染みついているのか。

「初めてが、こんないい女なんて、最高じゃないか。しかも、ただの女じゃないぜ」

「は、はい……」

「洗え」

と翔平が言うなり、露わにされた媚肉めがけ、ホースから水流が噴き出した。

「う、ううっ……」

物凄い水流だった。おんなの穴の奥まで入ってきて、下っ端のザーメンを洗い流していく。

「もっと水流をあげろ」

と翔平が言う。すると凄まじい勢いで、美月の穴めがけ、水が噴き出してくる。

「う、ううっ、ううっ」

水の勢いで、吊られている美月の下半身が下がっていく。

両足首には重りがつけられている。蹴りを恐れているのだ。用心深いことこの上ない。

「クリ」

と翔平が言うなり、水流がクリトリスに向けられる。凄まじい水圧でおんなの急所がなぎ倒される。

「あうっ、ううっ……」

最初は痛みすら感じたが、すぐに快感に変わっていく。

「あ、ああっ、ああっ……ああっ」

大勢の男たちが集まっている空間に、美月の甲高《かんだか》い声だけが流れる。相変わらず、里沙は翔平の股間に顔を埋めている。

両手も両足も自由だったが、反撃に出る動きはまったく見せない。まさに牝に堕ちたのか。

「二号っ」

と叫ぶが反応はない。

「里沙っ」

と名前を呼んでみた。すると、上下に動いていた里沙の頭が止まった。

「里沙っ、嚙《か》めっ、そいつのち×ぽを嚙み切るのよっ」

水流によるクリ責めに耐えつつ、美月は叫ぶ。

里沙が翔平の股間から顔を上げた。首をねじって、こちらを見る。

その目を見て、美月は失望した。焦点《しょうてん》を結んでいなかった。完全に色惚けした目だった。刑務所で戦っていた時の、女捜査官の目ではなかった。

それでも、美月は叫んだ。

「里沙っ、そいつが翔平だっ。黒龍の頭だっ」

一秒すら止《や》むことのないクリ責めに、美月は今にもいきそうになっていた。里沙に集中することで、ぎりぎり恥をかかずに耐えていた。

が、もう限界が近づいていた。からだ中の細胞が燃え上がっていた。水流を受けているクリトリスから脳天に鮮烈な電気が流れていた。

いってはだめ……いきなり水流責めでいったら、笑いものになる。

私は牝ではない。里沙とは違うっ。

「止めろっ」

と翔平が言った。

そしてソファーから立ち上がった。ペニスが見事に天を突いている。

それを目にした瞬間、おま×こがざわついた。肉の襞《ひだ》が一斉に、翔平のち×ぽを求めて蠢《うごめ》きはじめた。

な、なにっ、これは、なにっ。

美月は翔平のペニスから目を離そうとした。が、出来なかった。クリ責めでいくことは免《まぬが》れたが、いっていた方がいいことに気づいた。

いく寸前で止められたため、翔平のペニスでいくことを、からだが欲するようになっていた。

翔平はペニスを揺らしつつ、ゆっくりと迫ってくる。先端から付け根まで、里沙の唾液《だえき》でぬらぬらだ。

「里沙っ、ち×ぽを折るのよっ」

里沙に向かって叫ぶが、その声が甘くかすれていることに気づく。

翔平が正面に立った。

蹴りを入れようとして足を動かそうするが、重りのせいで、まったく動かない。

「おまえたちは、変に強いからな。なにかやばいやつを打って乗り込んできているんだろう」

翔平が乳房に手を伸ばしてきた。掴むのか、と思ったが、違っていた。右の乳首のまわりを指先でなぞりはじめたのだ。

すると、ぷくっと右の乳首がとがった。

翔平はにやりと笑いかけると、左の乳首のまわりも円を描くように、なぞってくる。

するとこちらもすぐにとがった。

「おまえは三号か」

「五号だ」

と美月は答えた。

「ほう、五号か」

なるほどな、と言いつつ、乳首のまわりをなぞり続ける。乳首はさらに充血していく。それをいきなり、翔平が指で弾いた。

「ううっ」

乳首に雷が落ちたような衝撃に、美月は吊られている裸体を震わせる。

翔平はさらにぴんぴんと続けて右の乳首だけを弾いていく。

「う、あうっ……うう……」

「名前は？」

「だから、五号だ……」

「素直になるんだ、五号」

翔平が反《そ》り返ったままのペニスの先端を、美月の割れ目に当ててきた。いきなりは入れず、素股のように鎌首でなぞりはじめる。

股間がぞくぞくしてくる。弾かれた乳首も、痛みが去ると同時に、じんじん疼きはじめる。

いく寸前で放って置かれているクリトリスも、おま×こも、強烈な刺激を欲しがっている。

「名前はなんだ」

「だから、五号よ……」

そうかい、と言うなり、翔平はずぶりとペニスを入れてきた。いきなり奥まで突き刺してくる。

「ああっ、いいっ」

一撃で、いきそうになる。が、翔平は入れたものの、抜き差しはしない。奥までみっちりと肉棒で塞《ふさ》いだままだ。

「あ、ああ……あああ……はあっ……」

美月は火の息を吐き続ける。待てないとばかりに肉の襞がペニスにからみつき、くいくいと締めはじめる。

「おう、いい具合に締めてくるじゃないか。これは一級品のおま×こだな」

翔平自身は動くことなく、乳首を摘まんできた。ぎゅっとひねりあげてくる。

「ああっ、突いてっ、ああ、おま×こ、突いてっ」

美月は思わず叫ぶ。が、翔平は動かない。

「名前は？」

「五号よっ」

「名前は？」

と聞きつつ、翔平が抜き差しをはじめた。割れ目まで引き、ずどんっと突く。

「いいっ！」

と美月が絶叫する。が、一撃で終わりだ。右の乳首だけをひねり続けている。

「あう、うう……うう……突いて、突いて、突いて」

「警察では、ものの頼み方を教えていないのか」

翔平は左の乳首も摘まむと、左右同時にひねっていく。

「あうっ、ううっ」

乳首に激痛が走る。が、それに反して、ペニスで串刺しにされている媚肉はかっかと燃えていく。乳首を責められれば責められるほど、からだは熱く焦《こ》がれていく。おま×こに強烈な責めが欲しくなる。

「つ、突いて、ください……」

美月は黒龍の頭目に向かって、敬語でおねがいしてしまう。

「ああ、美月さん……」

と足元で正座をして見上げている健太が、名前で呼んでしまう。

「ほう、健太には教えて、俺には教えられないというのか」

と言いつつ、翔平は再び、ペニスを抜き、そしてずどんっと媚肉をえぐっていく。

「ああっ、いいっ」

「俺を殺《や》りにきたんだろう、美月」

そう聞きつつ、翔平がピストン責めを開始する。左右の乳首をひねりつつ、ずどん、ずどんと真正面から力強く突いてくる。

「いい、いいっ、おち×ぽ、いいっ」

ひと突きごとに、美月は歓喜の声をあげてしまう。最悪だった。すぐに翔平に会えたのは良かったが、最悪の会い方となっていた。

「殺る相手のち×ぽで突かれて、よがっていていいのかい。国民が怒るぞ。税金泥棒だよな」

と言いつつ、翔平が仲間に同意を求めるように、まわりを見回す。仲間たちは、両腕を吊り上げられて翔平に貫かれている美月のまわりに集まってきていた。

里沙は一人、素っ裸のままソファーの足元にしゃがみこんで、うつろな目を宙に向けている。

「突いてっ、ああ、いかせてっ、美月をいかせてくださいっ」

半グレのリーダーにさらなる突きをねだるなんて、最悪だとわかっていても、口からおねだりの言葉が出てしまっていた。

そんな自分に、美月自身が驚き、戸惑っていた。いくら、薬の副作用とはいっても、まだ責めははじまったばかりなのだ。それなのに、ちょっと突かれたくらいで、さらなる責めを欲しがるなんて……私のからだは、どうなってしまったのか。

「おいおいっ、美月。そんなに俺のち×ぽがいいのかい」

翔平が乳首から手を引き、美月のヒップに手をまわしてきた。そして、バネを利《き》かせて、ぶちこんできた。

「ひぃっ、いい、いいっ、ひ、ひぃっ！」

いきなり、美月は絶叫していた。

「あ、ああっ、ああ、いきそう、いきそうっ……」

両腕を吊っている鎖をジャラジャラ鳴らし、美月は歓喜の声をあげる。全身がとろけるような快感の炎に包まれていた。

「あっ、ああっ、ああっ、もう……」

アクメの高波が迫ってきた。あとはもう、その波に全身を委《ゆだ》ねるだけだった。そして、美月は逆らわず、委ねるつもりで、黒龍のリーダーのペニスを受け止めていた。

が、いく寸前で、さっと翔平がペニスを引き抜いたのだ。

6

「あっ……」

どうして、と美月は思わず、すがるような目を殺しにきた相手に向けてしまう。

「里沙」

と翔平が呼ぶと、ずっとうつろな目で宙を見ていた里沙が、はいっ、と返事をして、立ち上がると、こちらにやってくる。たわわな乳房がゆったりと上下左右に揺れる。

「立ちバックだ」

と言うと、里沙は美月と向かい合うような位置で、翔平にヒップを突き出した。翔平は尻たぼを掴むと、ぐっと開き、美月の愛液まみれのペニスをぶちこんだ。

「ひいっ！」

と今度は、里沙が絶叫した。

「い、いいっ、おち×ぽ、おち×ぽっ、いい、いいっ」

里沙の歓喜の声が室内に響き渡る。ここが黒龍の本部のリーダーの部屋なのか、十五人近く人がいても、ゆったりしている。

「二号っ、二号っ、殺るのっ、おま×こからち×ぽを抜いて、すぐに摑んでひねるのっ」

と美月は目の前で火の息を吐いてよがっている里沙に向かって、訴える。

今、自由になるのは、口しかない。一方、里沙はどこも拘束されていない。それくらい、完璧に牝堕ちしているのだろう。

「ああ、いきそうっ、ああ、いきそうですっ、翔平様っ」

里沙が、黒龍のリーダーを様付けで呼び、美月は絶望する。

「おまえも、そうだなあ、二日もすれば、俺のことを様付けで呼ぶようになるぞ、美月」

立ちバックで里沙を突きまくりつつ、翔平がそう言う。

二日。四十八時間以内に中和剤を打たないと牝化してしまう。一号も二号も、四十八時間以内にここから抜け出せず、そして牝化してしまった。

翔平は副作用のことは気づいていないらしい。中和剤を打たなかったから牝化したとは気づいていないのか。自分の力で、牝に堕としたと勘違いしているのか。

　自分には、あと何時間残されているのか。腕時計を見れば、カウントダウンしている数字を見れるはずだが、あれは健太が持っているのか。

「ああ、いっていいですかっ、翔平様っ」

　首をねじって背後に目を向け、里沙が縋《すが》るように言う。

「いいぞ、いき顔を五号に見せてやれ、二号」

「ありがとうございますっ……あ、ああっ、い、いく、いくいくっ」

　翔平のゆるしを得るとすぐに、里沙はいまわの声をあげ、いき顔を美月に晒した。

　綺麗だった。美形だったが、さらに輝いて見えていた。牝としての幸せの中にいるとさえ思った。

　そんな二号のいき顔を見て、美月もたまらなくいきたい、と思った。

「ああ、翔平……」

　と思わず、名前を呼んでしまう。

　翔平は里沙がいってもなお、立ちバックで突き続けている。

「あっ、ああっ、いい、いいっ、ああ、大きいのっ、ああ、おち×ぽ、翔平様のおち×ぽっ、ああ、ずっと大きいのっ」

　アクメを迎えた余韻に浸《ひた》る間もなく、里沙があらたによがりはじめる。

突かれるたびに揺れる乳房には、びっしりと汗の雫《しずく》が浮き上がっている。乳首はこれ以上とがりようがないというくらいしこりきっている。

目の前でやられている里沙を見ていると、美月はたまらなくなる。いきたい……ああ、私もいきたい……いや、いくためにここに来ているのではない……翔平を殺るのだ……黒龍を壊滅させないと……私まで牝に即落ちしたら……。

「いい、いいっ、おち×ぽいいのっ」

里沙のよがり声が響き渡る。

しかし、翔平は恐ろしい男だ。美月を突き、そして今、里沙を突きながら、まったく余裕の顔をしている。

まわりでにやにやしていた仲間たちは、皆、里沙のよがり声とむせんばかりの汗の匂いに挑発されて、腰をもぞもぞさせている。

「翔平……」

とまた、名前を呼ぶ。

「なんだ、美月。俺のち×ぽが欲しいか」

美月は思わず、うなずいてしまう。

「じゃあ、まずは、様付けだな」

「さ、さま……付け……」

「俺のち×ぽを入れて欲しいのなら、様付けで呼ぶことだ」

そんなこと出来ない。里沙のように牝堕ちしていれば素直に言えるだろうが、私は翔平の牝ではない……。

「あっ、ああっ、また、いきそうですっ」

里沙が叫ぶと、翔平がさっとペニスを抜いた。

「あんっ、翔平様っ」

里沙が泣きそうな顔で、首をねじる。

「みんなでいかせてやれ」

と翔平が言うと、おうっ、と仲間たちが一斉にジーンズをブリーフといっしょに下げはじめた。

瞬く間に、十本以上のペニスがあらわれた。

さすがに、美月は息を呑み、吊られている裸体を震わせたが、里沙は、おち×ぽっ、と男たちに向かって行った。

第二章　蹂躙される捜査官の肉体

1

「ああ、拓也様……ああ、拓也様のおち×ぽくださいませ」

そう言って、タンクトップ姿のなかなかのイケメンに、汗まみれの里沙が抱きついていく。拓也は確か、黒龍のナンバー2だ。

拓也は里沙の片足を上げさせると、立ったまま、真正面から突き刺していった。

「あうっ、いいっ、おち×ぽ、いいですっ、拓也様っ」

里沙が叫ぶ中、拓也がいきなり激しく突きまくる。

「いい、いいっ、ああ、ああっ、いきそうっ、もう、いきそうですっ」

拓也に抱きついたまま、里沙が絖白《ぬめじろ》い裸体を震わせる。

が、拓也もいかせることなく、ペニスを抜いた。

「ああ、悠斗様っ、ああ、悠斗様、里沙をいかせてくださいませっ」

と里沙はすぐさま、拓也の隣に立つがたいのいい男に抱きついていく。この男がナンバー3だ。悠斗は里沙のくびれたウエストを掴むと、ぐるっとまわし、立ちバックで突いていく。

「いいっ」

里沙と目が合った。美月はハッとなった。うつろな目ではなかったのだ。こちらを見つめる黒目が一瞬だけ生きていた。気のせいかと思ったが、違うと思った。

里沙は拓也にペニスを求めた後、悠斗に求めている。これはナンバー2と3を、美月に教えるためだ。

宗政からは上層部の三人を殺れ、と言われていた。この三人を殺れば、黒龍は自然崩壊すると聞いていた。

「おう、相変わらず、よく締まるおま×こだ」

と言いつつ、悠斗が激しく突いていく。

「いい、いいいっ、いきそうっ、ああ、いきそうですっ」

悠斗はピストン責めをやめようとしなかった。スレンダーな裸体を壊さんばかりの勢いで、激しく突きまくる。

「あ、ああっ、あああっ」

乳房が上下左右に揺れている。

そばで見つめる美月のおま×こはずっと疼き続けている。突かれたい。私もいかされたい。

「だめっ、もうだめっ」

今にもいきそうだ、と思った瞬間、悠斗もペニスを引き抜いた。

いく寸前でまたも止められた里沙は、そのまま倒れるように美月に抱きついてきた。

そして驚くことに、いかせて、と言いながら、乳房を美月の乳房に、そして恥部を美月の股間にこすりつけはじめたのだ。

美月は吊られていたが、爪先が床にはついていた。背丈《せたけ》はほぼ同じゆえに、抱きつくと、乳房と恥部が重なった。

「ああっ、ああ、いかせて……ああ、いきたいのっ」

火の息を吐きつつ、里沙が汗まみれの裸体をこすりつけてくる。乳首が乳首になぎ倒され、クリトリスがクリトリスに押しつぶされている。

なにかの隙を窺っているのか、それともただただいきたいだけなのか、わからなかった。ひとつだけはっきりしていることは、里沙のこすりつけに全身が反応していることだ。

美月にレズの趣味はない。里沙にもないだろう。が、趣味があるとかないとか、今の二人には関係なかった。

とにかくいきたかった。捕らえられたと知った時、いき責めを受けるのだと思ったが、今受けているのは、さしずめ寸止め責めだった。

「ああっ、いかせてっ、ああ、五号っ、いかせてっ」

なおも裸体をこすり続ける里沙の尻を、別の仲間が摑み、背後から突き刺した。

「いいっ！」

里沙は歓喜の声を、美月の美貌に吹き付ける。

男は背後から繫がったまま、里沙の裸体を引いていく。すると、別の男が里沙の髪を摑み、上気した美貌を下げていった。

里沙はそのまま、四つん這いの形をとらされる。おま×こだけ入れていては、穴が足りないのだ。

里沙は鼻先に迫ったペニスにしゃぶりついていった。すると男は後頭部を押さえ、口をピストン責めにする。

「う、ううっ、うぐぐっ、ううっ」

里沙の尻の狭間《はざま》と口をペニスが激しく出入りしている。女のふたつの穴を同時に塞がれ、里沙は涎《よだれ》を垂らしている。

ああ、欲しい……私も穴に欲しい。塞がれたい。里沙を見ていると、口もおま×こも、女の穴は塞がれるためにあるのだとわかる。

「どうした、美月」

と翔平が聞いてきた。

両腕を万歳の形に吊られたままの美月は、知らず知らず太腿と太腿をすり合わせていた。

ずっと吊られていても、苦痛ではなかった。刑務所での罰で慣れていたからだ。あの吊り上げの罰は、このためにあったのか。

口を塞いでいた男がペニスを引いた。するとすぐに、

「いく、いく、いくっ」

と里沙が叫んだ。尻から入れている男が腰を震わせている。射精したのだ。

たっぷりと里沙の中に出した男がペニスを抜くなり、すぐさま、さっきまで口を塞いでいた男が、里沙に突き刺していった。

「ああっ、大きいっ」

アクメの余韻の中、里沙があごを反らして大声をあげる。

「二号……」

里沙をふと、羨《うらや》ましいと思った。

「おまえもいきたいか」

隣に立ち、美月のあごを撫でつつ、翔平が聞いてくる。ペニスは見事に反り返ったままだ。すでに全身性感帯となっている美月は、あごでも感じてしまっていた。

はあっ、と火の息を洩らし、翔平のペニスを熱い目で見つめてしまう。

「いい、いいっ、また、またいきそうっ」

「おう、すごい締まるぜ。女捜査官のおま×こは、たまらないぜ」

おうっ、と叫び、男が放った。すると、

「いくいくっ」

と里沙も叫び、四つん這いの裸体をがくんがくんと激しく震わせた。絖白い裸体は水を被《かぶ》ったかのように汗でぬらぬらになっている。

四つん這いで汗まみれの里沙の裸体からは、むせんばかりの牝臭が放たれている。

すぐさま、空いた穴に三人目の仲間がペニスを入れていく。

「ああっ、おち×ぽっ」

と里沙が叫び、美月も、

「私も……」

と思わず、つぶやいた。

「ち×ぽ、欲しいか、美月」

あごから喉《のど》を撫でつつ、翔平が聞いてくる。

「ほ、欲しい、です……」

「なにしに来た。俺たちにやられに来たわけじゃないだろう」

「殺しに……翔平様、拓也様、悠斗様を殺しに……来ました」

と美月は幹部三人を様付けで呼んでいた。

まだ一度もいかされていないのに、はやくも言いなりとなっていた。

「俺たちを殺しに来たか。一号、二号と同じだな。しかし、おまえたち警察は、ちっとも学ばないな」

三人目の男が出るっと叫び、里沙の中に射精させた。

「いく、いくっ」

寸止め状態の美月の目の前で、またも、里沙がいまわの声をあげて、汗でぬらぬらの裸体を痙攣させた。

「見ろよ、二号を。このまま死ぬまでいき続けるぞ。まあ、死んでも新しい穴が来たから別にいいけどな」

翔平が美月の腋の下をそろりと撫でてきた。するとそこから全身へと快美な電気が走る。

「はあっ、あんっ」

単なる腋撫ででも、全身が痺《しび》れている。おま×こはたくましいものが欲しくて、うねり煮えたぎっているのだ。

そんな中、美月の中に出し尽くした男がペニスを出すなり、すぐに四人目が里沙の媚肉を突き刺していく。

「いいっ！」

ひと突きで、里沙は絶叫し、ぐぐっと背中を反らせる。

「ああ、欲しい、ああ、翔平様のおち×ぽを、美月にください。おねがいします」

「俺を殺さなくてもいいのか」

「殺しません……ああ、美月は捜査官の前に……ああ、一人の女です……おち×ぽが欲しいんですっ」

「いい、いいっ、おち×ぽいいのっ」

里沙が長い髪を振り乱して、よがり泣いている。

羨ましい。美月は心の底から、いき続ける里沙のようになりたいと思った。

はやくも四人目が射精した。

「いくっ……いくいく」

と里沙はいまわの声を叫んだ後、がくんがくんと激しく裸体を痙攣させはじめた。

白目を剝き、口から泡を吐いている。

2

「二号っ」

美月が叫ぶ中、五人目の男が痙攣しているヒップを摑み、バックから入れようとする。

「なにしているのっ、二号は、里沙は失神しているのよっ」

「だから、俺のち×ぽで起こしてやるのさ」

と言うと突き刺していく。里沙は白目を剝いたままだ。

男が激しく突きはじめると、里沙が目を見開いた。

「二号っ」

と声を掛けるが、目を覚ました途端《とたん》、

「ああっ、いくぅっ」

と叫び、またも、尻だけを差し上げた裸体をがくがくと痙攣させ、白目を剝く。

「おう、おま×こ、めちゃくちゃ締まるぜ」

五人目の男は喜々とした顔で、失神している里沙の媚肉を突きまくる。そんな恥態を、翔平はじめ仲間たちは、にやにやと見ている。誰もやめろとは言わない。

「やめさせてっ、すぐにやめさせてっ」

と美月が訴えるものの、誰も聞いていない。正座したままの健太も、ギラギラさせた目で失神したままやられている里沙を見ている。

異様な雰囲気になっていた。

悠斗が里沙の髪を摑み美貌を晒すと、空いたままの口にペニスを入れていった。一気に喉まで突くと、そこでまた、里沙が目を覚ました。

「里沙っ、里沙っ。噛むのよっ。戦うのよっ」

美月の声が聞こえたのか、里沙が悠斗のペニスを頰張ったまま目を向けてくる。

「殺すのっ、殺らないと、あんたが、殺られるわよっ」

美月はそう叫んだが、驚くことに里沙は悠斗のペニスを吸いはじめたのだ。

「いい子だ」

悠斗が里沙の頬を撫でつつ、ぐぐっとペニスを押し込む。

「うぐぐ……」

「噛むのっ」

美月は叫ぶが、里沙は噛むどころか、頬を凹めて吸っていく。

「ああ、出るぞっ、出るぞっ」

と秘裂を犯していた男が吠え、腰を震わせた。悠斗がペニスを引いた。

「いく、またいっくぅっ」

と叫び、またも、里沙は白目を剝いた。たっぷりと放った五人目がペニスを抜くと、
里沙は尻の狭間から夥《おびただ》しいザーメンを垂らしつつ、べたっと床に貼り付いた。

またも失神したようだが、ヒップだけがぴくぴく動いている。

翔平が美月の背後にまわった。尻たぼを摑まれる。

「やめろっ、入れるなっ」

「俺のち×ぽ、欲しかったんじゃなかったか」

「入れるなっ」

ここで里沙のように連続で突かれたら、里沙のように失神してしまうかもしれない。それどころか、いき死にするかも……。

ずぶりと背後から翔平のペニスが入ってきた。

「いいっ！」

一撃で、美月も歓喜の声をあげていた。奥までたくましいち×ぽが入ってくるだけで、美月の全身が一気に燃え上がった。

注射を打たれて、確かにパワーアップはしたが、副作用が強すぎる。

「いいおま×こだ。くいくい締まるな。殺りにきたのに、やられて、ち×ぽを締めるとはな。なんとも情けない捜査官だな」

からかいつつも、翔平は一撃一撃に力を込めて突いてくる。

「いい、いいっ、いいっ」

突かれるたびに、脳天で快美の火花が散り、反論することも出来ない。ひたすら、いいっ、と叫んでいるだけだ。

そんな中、里沙が、ああっ、と声をあげた。

男たちは仰向けにころがした里沙の股間に、ホースを当てて、水流を流しこみはじめたのだ。五人分のザーメンが洗い流されていくが、その水流にも里沙は反応していた。

反応どころか、

「いい、いいっ、いきそう、ああ、またいきそうっ」

と歓喜の声をあげる。まさか、水流だけでいくのか。

「だめっ、水流だけでいってはだめっ。牝になるわっ」

美月が訴える中、里沙が、

「いくいくっ」

と絶叫し、汗でどろどろの裸体を弓なりに反らせた。そしてそのままの姿で身体を痙攣させ、またも口から泡を吹く。

「二号っ……あっ、あああっ、ああっ、おち×ぽ、おち×ぽっ……ああ、いきそうっ、いきそうですっ」

二号の海老《えび》反《ぞ》り恥態を見つめつつ、美月は舌足らずに訴える。

「おう、おう、よく締まるぜ。そろそろ、いかせるか」

「いかせてくださいっ、おねがいしますっ、翔平様っ」

「いいだろう」

と翔平がとどめを刺すべく、子宮を突いてきた。

二号が水流で失神した姿を見つめつつ、美月はアクメの高波に呑まれていった。

「あっ、いく、ああいく、いくっ」

両腕を吊り上げている鎖をじゃらじゃら鳴らし、美月は汗ばんだ裸体を震わせる。

やや開き気味に、ぎりぎりで床についている足が、いく瞬間にぴぃんと伸ばされる。

それでも、翔平はまだ放つことなく、美月の中に居座っていた。

六人目の男が、里沙の穴にペニスを入れると、すさまじく激しい突きを入れる。

里沙は失神したままだ。口からあらたな泡を噴きはじめる。さっさとは様子が違うように感じた。

「起きろ、里沙」

と悠斗がぱんぱんっと里沙にビンタを見舞うと、犯し抜かれた女捜査官はうっすら目を開けた。

「あ、ああっ、もう、いきたくないですっ、ああ、もういきたくないです。ああ、おち×ぽ、抜いてくださいっ」

里沙がすがるような目を悠斗に向けるが、構わず六人目の男は、里沙の尻を抱えて腰をえぐらせる。

そんな中、翔平が美月の穴からペニスを抜いていった。がすぐに、今度は拓也が背後から入れてきた。

「ああっ、いいっ」

ぐぐっと奥までえぐられ、美月はいきなり愉悦《ゆえつ》の声をあげる。すると、その声に里沙が反応した。

「ごっ、五号なのっ」

初めて里沙は、目の前で悶《もだ》えている女が美月だと気がついたようだ。

「いい、いいっ、いいっ」

美月は里沙に見られながら、歓喜の声をあげ、吊られた裸体をうねらせる。

「いくなっ、いくんじゃないぞっ、五号っ」

そう訴える里沙のおま×こを、男が容赦なく突いていく。すると、

「ああ、ああっ、いやいやっ、いきたくないっ……ああ、今度いったら……あ、あっ、死んでしまうっ」

里沙の息づかいがかなり荒くなっている。身体は汗でぬらぬらのままだったが、今までとは違う、冷たい汗が全身から流れている。

「二号っ……あ、ああっ、また、またいきそうっ」

と美月が叫ぶ。

「いくなっ、いくんじゃないっ。いったら負けだっ……あ、ああっ、ああっ、だめだめっ……」

おうっ、と里沙に挿入している男が吠えて、射精した。それを見ながら美月は、いくっと叫んでいた。

同時に里沙は、いくぅっと絶叫し、またも海老反りを見せたあと、今度は手足をぐうっと縮こまらせ、身体を丸く引き攣らせた。

白目を剝き、がたんっと音を立てて、顔からもろに床へ崩れ落ちてゆく。

「いき死にしたな……」

と美月の隣で翔平が言った。

「えっ、うそ、うそっ、二号っ、里沙っ、起きてっ」

美月は必死に叫んだが、挿入していた男がペニスを抜いても、里沙はぴくりとも反応しない。

まさか、本当にいき死にしたのか。二号がこんな屈辱的な死を迎えたのを目の前にしながら、私もいったのか……なんてことだ……。

「里沙っ、里沙っ」

と美月は叫び続けるが、里沙が目を開くことはなかった。

3

美月は檻《おり》の中にいた。素っ裸のままだったが、足の重りは外されていた。四畳半ほどの部屋に檻がぽつんと置かれていた。

二号が目の前でいき死にした……。

黒龍に乗り込む前は、もし捕らえられたら痛みを伴《ともな》う激しい責めを受けるか、機械などを使った長時間の色責めを受けるものだと覚悟していた。一号はそうやって、死なせるつもりのハードな責めで、命を落としたのだと思っていたのだ。

が、二号の死に様は、そういったものではなかった。ひたすら男のち×ぽでおま×こを突かれてはいたが、機械などを使ったセックス拷問で責め殺されたわけではない。

里沙は女として歓喜の中であの世に往っていた。なんてことだ。恐らく一号も同じようにいき死にしたのだろう。

里沙が死んだ後も、翔平たちは冷静だった。

「穴には困らないな」

と美月を見ながら言ったのだ。もしかしたら、美月があらたに乗り込んできたから、飽きてきた二号をいき死にさせたのかもしれない。美月が里沙を殺した、ということなのか……。

宗政は二日以内に中和剤を打たないと、セックスのことしか考えられない牝になると言っていたが、美月はすでにそれに近い状態にあった。

今も、里沙をいき死にさせたのを悔やみつつも、乳首を勃《た》たせている。割れ目の奥はずっとむずむずしている。翔平のペニスを見たら、入れてください、と頭を下げるだろう。

二日過ぎる前に決着をつけるか、一度中和剤を打つために戻らないと、里沙のような牝になる。そうなれば、男たちに休みなく犯され、それを喜んで受け入れる中でいかされ過ぎて、心臓に異常を起こして死に至るのだ。

里沙の白目を剥いた姿が、鮮烈に美月の脳裏に残っている。

明日までに決着をつけるのだ。それしか、いき死にから逃れる手段はない。

扉が開き、健太が入ってきた。

健太は裸のままだった。わざと裸のままにさせられている可能性が高い。美月の目は、知らず知らず健太の股間へと向いてしまう。

この四畳半の空間には、監視カメラが備え付けてあった。健太のペニスを見て、美月がどう反応するか、どれくらい牝化しているのかも、確認されているのだろう。

美月は立ち上がった。裸体を健太に見せつける。

すると、半勃ちだったペニスが、ぐぐっと反り返りはじめた。

健太は袋を持っていた。何度も、美月の裸体から目をそらそうとしていたが、すぐに視線を戻してしまう。

健太は鉄格子の前に立つと、飯だ、と袋からゼリー食料のパックを取り出す。

その瞬間、美月は鉄格子の隙間から手を伸ばし、健太のペニスを掴んでいた。ぐいっとしごく。

「あっ、やめろっ」

と健太が腰を引こうとしたが、美月はペニスを放さない。

「入れて。おち×ぽが欲しいの。わかるでしょう」

「だめだよ。そうやって檻から出るつもりだろう」

「違うわ。欲しいの……ああ、一号や二号を見て、わかっているでしょう。私も欲しいの、ああ、いき死にしたいくらいおち×ぽ欲しいの」

演技のつもりだったが、ほぼ本気だった。いや、途中から本気になったのだ。

勃起した健太のペニスを摑んだ途端、からだの隅々にまで電撃が走った。全身で、このち×ぽを欲しいと思った。

副作用がさらに強くなってきている、と感じた。まずい。はやく黒龍のトップ三人を殺らないと。

「檻から出なくても、入れることは出来るわ」

ペニスを握ったまま、美月は剝きだしの恥部を、鉄格子の間からせり出すようにする。割れ目だけが、鉄格子の間から顔を出した。

それを見た健太のペニスが、美月の手の中で一気にふたまわりも太くなった。

「さあ、入れて。おち×ぽ、入れてください、健太様」

と健太を様付けで呼んだ。演技ではなく、自然と様付けで呼んでいた。

「け、健太、様……」

美貌の女捜査官に様付けで呼ばれ、健太の鼻息が荒くなってくる。

「だめなんだよ」

「どうして」

「見られているんだ。勝手に、あんたのおま×こに入れたら、どんなめにあうかわからないよ」

「入れたくないのかしら。入り口を出しているのよ」

「入れたいよ。入れたいよっ」

健太は涙ぐんでいた。

「見られているのなら、見せつけてやればいいわ。私をいかせまくって。黒龍は女をやるために作られたグループでしょう」

「元々はな……単なるナンパクラブだったんだ。それがいつの間にか、女がらみのことで、この街を仕切るようになったんだ。この辺りをシマにしている大和会も女がらみは黒龍に手を出せないんだ」

「じゃあ、なおさら、健太様のおち×ぽの力を見せつけてやるのよ。ああ、欲しいの、ああ、おち×ぽが欲しくて、変になりそうなの」

美月はペニスをぐいぐいしごきつつ、鉄格子の間からせり出した恥丘を挑発するようにうねらせる。

我慢汁がどろりと大量に出てきた。

「アンダーのままでいいのっ。私をいかせまくったら、一目置《いちもく》かれて正式メンバーになれるかもよ」

「正式、メンバーに……」

「そうよ。私に入れて、アンダーから抜け出すのっ」

「いかせてやるっ」

健太が美月の手からペニスを引き抜き、突き出されている割れ目に鎌首を当ててきた。一瞬怯《ひる》んだが、美月の方から鎌首を咥えこんでいった。

割れ目が開き、我慢汁だらけの鎌首をずるりと呑みこむ。

「あっ、すげえっ」

「突いてっ」

美月が叫び、健太がぐいっとペニスを進める。ずぶりと胴体の半《なか》ばまで入った。

「ああっ、いいっ」

美月の媚肉はどろどろだった。鎌首から胴体の半ばまで、肉の襞がからんでいく。

「いいよっ、おま×こ、気持ちいいよっ」

「もっと突いてっ、奥までおち×ぽ、ちょうだいっ」

美月に言われて、健太がさらに突こうとするが、鉄格子が邪魔をして、半分までしか入れることが出来ない。

「あんっ、どうしたのっ。もっと奥まで突いてっ」

「出来ないんだよっ」

健太は半泣き状態で、突こうとする。美月はわずかに腰を引いた。

「もっと、欲しいのっ」

「ああ、入れたいよっ。もっと美月さんに入れたいよっ」

美月はさらに腰を引き、先端だけを包むようにする。もっと入れたい、と健太が腰を突き出すも、鎌首までしかゆるさない。

が、これはかなりの精神力がいった。美月もまた、奥まで欲しかったからだ。からだ中の細胞が、健太のたくましいペニスを求めていた。そんな中、女捜査官としてのぎりぎりの精神力で、先端だけで健太を焦《じ》らしていた。

これはまだ、完全に牝堕ちしていない証《あかし》とも言える。だがあと三十時間ほどで、二号のようになるだろう。

我慢出来なくなった健太が、檻の閂《かんぬき》を外していった。

「四つん這《ば》いだっ。這って出てくるんだっ」

檻の扉を開き、健太がそう言う。美月は言われるまま、檻の中で四つん這いになり、そして這い進んでいく。

全裸での四つん這いなど、屈辱《くつじょく》以外のなにものでもないはずだったが、からだはさらに燃え上がっていく。

ずっと反り返っているペニスを熱い目で見つめつつ、這い進む。

「尻をこちらに向けろ。立つなよ」

健太の声が震えている。美月の強さは目の当たりにしているのだ。

美月は言われるまま、ぷりっと張ったヒップを、健太に向けていく。健太を安心させるためもあったが、それよりも、美月自身奥までペニスを欲しかった。

健太が尻たぼを摑んできた。ぐっと開くと、すぐさま、ペニスをぶちこんできた。

「いいっ！」

と美月は叫んでいた。

健太のこちこちのペニスが、肉襞をえぐるようにして、奥まで入ってくる。美月は先端から付け根まで、くいくい締めていった。

「ああっ、おま×こっ、ああ、おま×こ、最高だよっ」

健太も歓喜の声をあげ、腰を振りはじめる。ぐいぐい美月の女肉を突いていく。

「いい、いいっ、いいっ！」

美月も絶叫する。さっき、翔平たちにやられた時より、さらに感じていた。えぐらるたびに、からだ中の細胞がプチプチ弾ける感じなのだ。

はやく決着をつけないと、牝になる。

「ああっ、キスしたいっ、ああ、キスしたいのっ、健太様っ」

と美月は叫ぶ。九割本気で、一割罠《わな》だ。

「キス……ああ、キスっ……」

健太のペニスが、美月の中でひとまわり太くなった。健太もキスしたいのだ。が、もちろんキスするためには立ち上がって、向かい合わなくてはならない。

美月の反撃を恐れているのだろう。でも、我慢出来ないはずだ。キスしたいはずだ。

「ああっ、キスしながら、入れて欲しいのっ、ああ、上の口も下の口も、ああっ、健太様が塞いでほしいのっ」

ちょっとやりすぎかと思ったが、健太がペニスの動きを止めた。

「キスだけだよな。蹴ったりしないよな」

「ああ、当たり前ですっ、健太様を蹴るなんて、ありえませんっ。美月は、ただただ健太様とキスしたいだけなんですっ」

「わかった。信じるから、美月さんを信じるから。美月さんは俺の最初の女だから」

健太は何度も自分自身に言い聞かせるようにそう言うと、ペニスを引き抜きはじめる。逆向きにエラで肉襞をこすられるのが、また、たまらない。

「あっ、あんっ」

美月は汗ばんだ裸体をぶるっと震わせた。

そして膝立ちになると、振り向いた。

健太の目は発情していたが、黒目の奥には怯えも感じられた。やられるかもしれないという恐怖を抱きつつも、美月とキスする方を選んだのだ。これは別に健太に限ったことではない。悲しい男の性《さが》だ。

美月は健太に手を伸ばす。すると、ひいっと健太が腰を引いた。

「くっつかないとキスは出来ないわ」

「ち×ぽ、折ったりしないよな」

「大事な人のち×ぽを折ったりするわけがないでしょう」

美月は健太に迫ると、あごをつまみ、唇を重ねていった。ぬらりと舌を入れると、健太も鼻息荒く舌をからめてくる。

美月はペニスを摑んだ。すると、健太の身体が硬直する。

美月はそのまま、自分の中に導いていく。ずぶりとペニスが入ってくる。

「ああっ、おち×ぽっ」

美月は健太の首に手を回し、密着するように抱きしめた。乳房を胸板にこすりつけ、さらに深くペニスを咥えこんでいく。

気持ち良かった。さっきよりさらに快感度が増していた。ふと、このまま牝に堕ちてしまった方が幸せなのでは、と思ってしまう。いき死にした二号が哀れだと思ったが、二号自身は幸せな最後だったのかもしれない。

美月は健太に強く抱きついたまま、耳元で、

「腕時計は？」

と聞いた。すると、中に入っているペニスがぴくぴくっと動いた。

「なんか大事なものなんだろう。カウントダウンされてたよ。一号と二号も持っていたよね」

「今、どこにあるの？」

「俺が持っているよ。大事そうだったから」

「翔平に報告しなかったのね」

「アンダーが幹部に声を掛けるなんて、ありえないよ」

「そう。カウントダウンの数字を、あとで教えて。とても大事なの」

「わかったよ」

健太はアンダーでいることに不満を持っている。アンダーゆえに、幹部たちへの忠誠心が弱いと思った。それに初体験の相手として、美月を特別な女だと思っている。

健太は使える。健太をもっと私の虜にするのだ。

「ありがとう、健太」

と耳元で囁くと、また、おんなの中でペニスがぴくぴくと動いた。

美月は再び、健太にキスしていった。ぬらりと舌を入れると、ペニスが太くなる。

美月は積極的に舌をからめた。からめつつ、唾液もとろりと流していく。

「うんっ、うっんっ」

恋人同士のような貪るようなキスとなる。しかも、下では繋がったままだ。

唾液の糸を引くように唇を引くと、美月は熱い目で健太を見つめる。

「ああ、良かった、ああ、良かったよ」

「なにが」

「黒龍に入って良かったよ。美月さんのようないい女と嵌めながらベロチュー出来るなんて、ああ、最高だよっ」

今度は健太からキスしてきた。美月はそれを受けて、舌を委ねる。さらに、繋がっている股間を前後に動かしはじめた。

ああっ、と火の息を健太の口に吐きかける。

「ああ、もっと強く突いてっ」

そう言うと、上と下で繋がったまま、美月は仰向けになる。

監視カメラがジジッーと動く。完全に見られていた。が、健太は美月とのエッチしかもう頭にないのか、構わず、正常位で腰を動かしはじめた。

「ああっ、いい、いいっ」

童貞を卒業したばかりゆえか、突き方は拙《つたな》かった。だがひと突きごとに、牝化に近づくような感覚を感じた。

「ああ、熱いよっ、おま×こ、熱いよっ」

「もっと激しく、突いてっ」

いったらもっと欲しくなりそうだったが、もう欲望を止めることは出来なかった。

「いかせてっ。見せつけてっ」

「あ、ああっ、これでどうだっ」

と健太がとどめの一撃を見舞ってきた。

一気に、アクメの高波に美月は呑まれた。

「ひいっ……いくいく、いくっ」

いまわの声をあげつつ、強烈に健太のペニスを締め上げる。すると、

「おう、おうっ、おうっ」

と吠えて、健太が射精した。凄まじい勢いのザーメンを子宮に受けて、美月は続けていってていた。

「んああっ、いくぅっ」

汗ばんだ裸体をがくがくと痙攣させる。

ドアが開き、翔平が顔をのぞかせた。仰向けの美月には見えたが、覆《おお》い被さってい る健太には見えていない。

「お楽しみのところ悪いが、ちょっといいかい」

翔平の声を聞き、射精しつつ、ひいっと健太が起き上がった。

脈動が続くペニスの先端から、ぴゅぴゅっと美月の鎖骨から乳房にザーメンが飛んでくる。

「健太、なかなかやるじゃないか」

と翔平がぶるぶる震えている健太の肩を叩く。

「申し訳ありませんっ」

と叫び、その場で土下座をした。額をぐりぐりと床にこすりつける。

「今から、正式メンバーだ、健太」

「えっ」

「美月をいかせまくるなんて、たいしたものじゃないか」

「メ、メンバー、お、俺なんかが黒龍のメンバー……」

「もう童貞じゃないだろう。それに、りっぱなものを持っているじゃないか。ちょっと美月を連れてきてくれ」

と言うなり、翔平が廊下に出た。

4

美月はメンバーになった感激で泣いている健太のうなじに手刀を下ろし、気絶させると、ドアから廊下に出た。

ちょうど、翔平が突き当たりを曲がるところだった。

美月は裸のまま、一気に迫った。

突き当たりを曲がると、ドアが開いていた。美月が吊り上げられていた部屋だ。

真正面のソファーに、翔平、拓也、そして悠斗が座っていた。拓也と悠斗は裸で、それぞれの股間に裸の女が顔を埋めていた。

美月は今がチャンスだ、と部屋に駆け込んだ。

すると、左右からレスラー紛《まが》いの大男が出てきた。翔平たちの前に立ちはだかる。どちらも、黒のブリーフだけで、見事な肉体を見せつけている。

「どけっ」

と美月の方から大男たちに迫っていった。

右手のスキンヘッドめがけ、美月は跳《と》んだ。凄まじい跳躍力で長身のスキンヘッドまでの距離を一気に詰めると、そのまま脳天に踵《かかと》を落としていった。

ぐえっ、と一撃で大木が倒れるようにスキンヘッドが崩れ落ちる。

着地するなり、髭面《ひげづら》の大男が丸太のような腕で、背後から抱きついてきた。豊満な乳房を潰すようにして、ぐいっと締め上げてくる。

「う、ううっ」

胸が圧迫され、息が苦しくなってくる。

正面に座ってこちらを見ている三人の目が輝いている。それぞれの股間で、女たちがうめいている。

ベアハッグされて苦痛に耐えている美月を見て、昂《たか》ぶっているのか。

「死ね、牝っ」

「うう、ううっ……」

美月は苦痛にうめきつつ、両腕を背後にまわした。そして、髭面の太い首を摑むなり、両腕に渾身《こんしん》の力を入れていく。

「な、なにをするっ、牝っ」

美月はそのまま、大男を首投げにした。

「たあっ」

おうっ、と大男が飛ばされた。翔平たちに向かって行く。股間に顔を埋めていた女たちの背後の床に顔面から突っ込んだ。きゃあっと女たちが悲鳴をあげて、拓也と悠斗の股間から離れる。

「すごいね」

と翔平が感嘆の声をあげる。翔平だけTシャツにジーンズを着ていた。

美月は乳房をぷるんぷるん弾ませ、翔平に向かった。あごをめがけ、鋭い跳び蹴りを見舞おうとする。

だがヒットする直前、翔平が背中から取り出したスタンガンを、美月の足に当てた。

「ああっ……」

背骨を走り抜ける電撃に打たれ、ハイキックの形のまま美月の裸体は固まった。そこに拓也もスタンガンを向けてきて、美月の尻に当てる。

「あぐっ……」

尻からも電撃が走り、美月は失神した。

股間から火柱が噴き上がり、美月は目を覚ました。

また天井から垂れた鎖に、両腕を万歳の形に吊り上げられている。さっき同様、足首に重りが付けられていた。そしてさっきと違うのは、おんなの穴にバイブがねじ込まれていることだった。

かなり太いバイブが、ぐりんぐりんと美月の媚肉を掻き回している。

「檻に入れている間にいろいろ調べさせてもらったよ」

と言うと、翔平が壁掛けの大型のディスプレイを点けた。

いきなり、人身売買組織のガサ入れの後、逮捕された時の映像が出てきた。

「あんた、どこかで見た顔だと思ったんだよな。顔認識の検索ソフトに掛けたら、即、これが出てきたよ」

人身売買組織にガサ入れの際、関係者を二人殺害した、長瀬美月警部補。

人身売買組織は、代議士の迫田史郎《しろう》が実質のオーナーであることがわかり、関係各所を一斉にガサ入れしたが、迫田だけは逃走したまま、行方不明になっている。

美月の脳裏に、あの時のことが蘇《よみがえ》る。ボディガードの二人を撃ち殺し、美月が迫田の部屋に乗り込んだ時、迫田はでっぷり太った身体で、千里を組み敷いていた。

『迫田っ』

名前を呼ぶと、迫田が振り向いた。

『あっ、長瀬さんっ……見ないでくださいっ』

『おう、締まるぞ、千里』

驚くことに、拳銃を構えた美月を見ても、迫田は千里を犯し続けようとしたのだ。

『ああっ、いやいやっ』

千里は激しく抗《あらが》っているが、迫田は構わず、抜き差しをはじめた。美月に拳銃を突きつけられたままで。

『迫田っ、抜けっ。おまえの腐れち×ぽを抜くんだっ』

美月は迫田に迫り、後頭部に銃口を押しつけた。

『ああ、締まる。おまえが来てからの締まりが尋常じゃないぞっ』

迫田は狂っていた。まさに色狂いだ。あらゆる女遊びをやり尽くしたこの男は、並大抵の刺激では興奮しなくなっていた。女捜査官に銃を突きつけられながら、女捜査官を犯す異様な状況に、興奮しきっていたのだ。

『今すぐ離れろっ、撃つぞ、迫田っ』

『撃ってくれ。撃ったら、そのまま、千里に出しながら昇天してやるっ』

『おのれっ』

引き金を引く前に、他のボディガードが入ってきて、美月に殴り掛かってきた。拳銃が美月の手から離れ、素手の戦いとなった。

三人もの屈強なボディーガードをどうにか倒した時には、迫田の姿は消えていた。

ベッドには、裸で両足を開いたままの千里だけが残っていた。鎌首の形に開いたままの割れ目からは、迫田が最後に放ったザーメンがにじみ出ていた。

「可哀想にな。捜査官の仕事を全《まっと》うしただけなのに、懲役四年か」

ボディガードを射殺したのを過剰防衛と判断されて、美月は懲役刑を食らっていた。

当時は理不尽だと思ったが、今は、違うと思っていた。

こうして闇で悪党を壊滅させるために、刑務所に入れられたのだ。捜査官として鍛え、開発中の増力剤を試用するために。

「迫田を、殺りたいだろう」

ディスプレイに迫田の顔がアップになる。と同時に、ずっと媚肉を掻き回しているバイブの振動が激しくなった。

「ああっ、止めてっ……バイブを止めてっ」

翔平が美月に近寄ってくる。Tシャツを脱ぎ、ジーンズをブリーフと共に下げた。ペニスは天を突いている。黒龍では、幹部は常にペニスを勃起させて、牡の力を誇示しているようだった。

実際、美月の目は、迫田の憎たらしい顔から、翔平のペニスに移っている。

「あ、ああっ、あああっ、いやいや、いきたくないっ……バイブなんかで、いきたくないのっ」

「いくなら、ち×ぽかい、美月」

「止めてっ、バイブを止めてくださいっ、翔平様っ」

ぐいんぐいんと美月の媚肉を激しくシェイクしている。歓喜の炎が、めらめらと美月の脳髄まで炙《あぶ》っている。

「あ、ああっ、いやいやっ」

いく、と思った瞬間、バイブが止まった。

翔平がバイブの尻尾を掴み、引き抜いていく。

「あうっ、うう……」

逆向きにこすられる快感で、思わずいきそうになる。

吊られている美月の裸体はあらたな汗で絖りはじめていた。全身から、エロい匂いが発散されている。自分で嗅いでも、むらむらする匂いだった。牝化しつつある今、体臭まで変わりつつあるのか。

バイブが引き抜かれた。

「あうっ……」

ねっとりと愛液が糸を引く。

翔平がすぐさま、ずぶりと入れてきた。

「ああっ、いいっ！」

ひと突きで、美月は歓喜の声をあげていた。やはり、バイブより、生身のち×ぽがいい。それがたとえ、殺す相手のち×ぽでも。いや、もしかして、殺す相手のち×ぽだから、より身体が震えるのかもしれない。

翔平は奥まで貫くと、

「迫田の居場所を知っているぞ」

とそう言った。

「そ、それは、本当かっ」

「黒龍は最近、人身売買にも手を広げようとしていてね。いろいろ調べていると、迫田に辿《たど》りついたというわけさ」

「迫田はまだ、人身売買をやっているというのっ」

「代議士は罷免になったからな。なにかで食っていかないといけないだろう。人間、そうそう違う仕事は出来ないものさ」

そう言いながら、翔平がゆっくりと抜き差しをする。

「あ、ああっ……ああっ……」

「迫田に会いたいだろう」

「会いたいっ、会わせて欲しいっ」

「明日、会うことになったんだよ。それで、おまえを手土産として持っていこうと思うんだ。いい考えだろう」

「私を、手土産に……」

「そうだ。たぶん、おまえを見たら、一発で迫田は俺を気に入るだろう。即、人身売買の話は先へと進むことになる。おまえは迫田に会えて、俺たちは新しいビジネスが出来る。お互いに良い話だと思わないか」

確かにそうだ。が、美月の使命は翔平、拓也、そして悠斗を殺して黒龍を壊滅させることだ。

しかし、翔平たちを殺せば、迫田には会えない。翔平たちに従えば、明日、会えるのだ。

明日、迫田に復讐出来るのだ。

「しかし、強いな。驚いたよ、美月」

ゆっくりとした抜き差しを続けつつ、翔平がそう言う。

「なにかパワーアップする薬かなにかを使っているんだろう」

「使ってません……」

「薬かなにかを打ってるよな。正直に答えないと、迫田には会わせないぜ」

「迫田……」

迫田を捕まえる絶好の機会は逃したくない。黒龍の壊滅という当初の任務からは外れるが、迫田を捕らえる方が、宗政も喜ぶはずだ。

「打っています……」

「やっぱりな。さっき、健太となにを話した？」

「えっ……」

「おま×こしながら、なにを話していた」

「なにも……」

翔平がペニスを抜いていく。

「あっ……」

抜かないで、と言いそうになり、ぐっと唇を噛む。

「健太はどうした？」

「まだ、伸びているんじゃないのか」

と拓也が言う。

「困った野郎だ。やっぱり、メンバーからアンダーに降格かな」

「それは早いぜ」

と言って、拓也が立ち上がった。股間にずっと顔を埋めていた女がひっくり返る。

拓也のペニスに、美月の目が向かう。それは翔平同様、見事な反り返りを見せている。

拓也がペニスを揺らしつつ、部屋を出て行く。

翔平がさっき抜いたバイブを、再び、美月の割れ目に当ててきた。

「バイブはいや……おち×ぽが……おち×ぽをください」

「じゃあ、健太となにを話していたのか、話すんだ」

「エッチが、上手ね、と囁いただけです」

「そうかい。健太は上手か」

「いきました。監視カメラで見ていたでしょう」

「健太の腰使いを見ていたが、あれは素人の腰使いだよな。でも、おまえは、あんな腰使いでもいった。そして、おもちゃでも……」

と言いながら、ずぶりとバイブを入れてきた。

「ああっ……」

たとえおもちゃでも、硬くて太いものが入ってくると、美月のからだは痺れていく。自然と腰をうねらせる。

「あんた、パワーアップの薬以外にも、なにか打っているだろう」

「打ってません」

「発情する薬を打っているよな。一号も二号もすごかったしな」

「警察が発情する薬なんて打つわけがありません」

「そうなんだよ。そこがわからないんだ」

翔平が首をひねっていると、健太が駆け込んできた。

5

健太は部屋に入るなり、裸のまま土下座して、

「申し訳ありませんっ、翔平様っ」

と額を床にこすりつけた。

「美月を逃がしてしまって、申し訳ありませんっ」

「美月は逃げちゃいないぜ」

と翔平が言い、えっ、と健太が顔をあげた。すぐそばに美月の生足があり、あっ、と声をあげて、さらに見上げると、バイブが埋め込まれた恥部が見えた。

健太を起こした拓也が戻ってきた。

「健太、おまえに聞きたいことがあるんだ」

健太の前にしゃがみ、翔平が顔をのぞきこむ。

「な、なんでしょうか……」

健太は真っ青になっている。

「さっき、美月とやりながら、なにを話した」

「えっ、なにって……」

「なにを話した？」

「な、なにも……」

と言いつつ、健太は顔を美月へと向け、問いかけるような目をする。

その動きだけで、二人の間になにかの秘密があることは証明されていた。

「健太」

と言って、翔平が健太のあごを摘まむ。

「おまえ、うちの正式メンバーになったんだよな」

「ありがとう、ございますっ」

「俺たちとサツどっちを選ぶんだ。美月とどんな話をしたか、答えろ」

「う、腕時計のことを聞かれました……」

「腕時計？」

「はい。美月のはめていたやつです。それを持っていないか聞かれました」

「持ってるのか」

「は、はい……」

「持ってこいっ」

はいっ、と健太は飛び跳ねるように部屋を出てゆくと、すぐに戻ってきた。

「これです」

と腕時計を翔平に渡す。受け取った翔平が立ち上がり、美月に突きつけてきた。

「この数字はなんだ」

３６１５という数字が浮き上がっていた。あと三十六時間で、私は牝化する。

美月が答えないでいると、数字は３６１４に減った。

「これはなんだ、美月。何をカウントしてるんだ」

「あ、ああ……知りません……」

バイブの刺激がたまらない。ずっと中途半端な刺激を受け続けている。

「迫田に会いたくないのか」

「はあっ、ああ……会いたいです」

「じゃあ、素直になれ」

「あ、ああ……あと三十六時間で……」

「三十六時間でなんだ」

美月が黙っていると、拓也が動いた。健太の股間に手を伸ばし、ペニスを摑んだ。

こんな状況でも、健太のペニスは勃っていた。吊られてバイブ責めを受けている美月を目にした瞬間から、大きくさせていたのだ。

そのペニスを拓也がひねりはじめる。

「ひいっ」

と健太が叫ぶ。

「折れますっ、折れますっ」

「三十六時間で、牝化しますっ」

と美月は叫んだ。拓也が健太のペニスから手を引く。

「牝化……ほう、そうか。頭も身体も、セックスしたくてイカレちまうわけだな。美奈と里沙は牝化して、いき死にしたわけか。なるほどな。ということは、やっぱり媚薬を打っているのか。サツが媚薬を作っているのか」

「あ、ああっ……副作用です……あ、ああ、バイブを抜いてください。バイブでいきたくありません」

「ほう、いくのか」

「ああ、いきたく……ああ、ないの……」

翔平が手を伸ばしてきた。クリトリスを摘まみ、ぎゅっとひねった。

「ひいっ……いくいくっ」

ひとひねりで、美月はいっていた。

「すごいよな」

と言いつつ、翔平はさらにクリトリスをひねりつつ、バイブの尻尾を掴むと、激しく抜き差しをしてきた。

「いい、いいいっ、いくいくいくっ」

美月は吊られている裸体をがくがくと痙攣させた。

「パワーアップの薬の代償がこれってわけか」

美月は恍惚《こうこつ》の表情を見せつつ、うなずく。

「三十六時間以内に、このパワーアップだか媚薬だかを中和する薬を打たないと、牝化してしまうというわけか」

「はい……」

「面白い」

３６０９になっている。どんどん時間は過ぎていく。牝化の時間が迫ってくる。

第三章　仇との再会

1

「その牝化薬を使えば、どんな女でも牝になるんだろう。夢のような薬じゃないか。例えば、女優やグラビアアイドルを牝化して売り出せば、破格の値段がつくぜ」

と悠斗が言う。股間で女がうめいている。一段と大きくなったのだろう。

「そうだな。真澄《ますみ》さやかに打ってみたいな。攫ったのはいいが、お堅すぎて、売るに売れないんだよ」

と翔平が言う。真澄さやか。いったい誰だ。美月は知らなかった。

「今は昔と違って、初心《うぶ》な子を買い主がじわじわ調教していく時代じゃないんだ。即、反応する女が好まれるんだよ」

と言いながら、バイブを美月の穴から抜いていく。

その抜く動きに、またも、美月はいきそうになる。

「その媚薬をたんまりと持ってきてくれないか。その後、迫田に会わせてやる」

「それは無理です」

「無理じゃないだろう。持ってこないと、迫田の話は無しだ」

「でも、手土産がいるのではないですか」

「まあな。おまえが最高だが、媚薬を持ってこないのなら、仕方ないな」

美月の視線は、翔平と拓也のペニスにからんでいる。今、バイブでいったが、すでにおま×こはペニスを欲しくてざわついている。

牝化まであと三十六時間あったが、すでにかなり牝化が進行していると思った。

制限時間を過ぎたら牝化するというより、三十六時間のうちに肉体も精神も牝へとじょじょに変わってゆき、時間が過ぎればもう普通の女には戻れないということなのだろう。

いき死にするまで、男とち×ぽを求める人生。

最悪だ。それだけは避けたい。なにより、迫田を捕らえないと。

「ち×ぽ欲しいか」

「ああ、欲しいです……」

「健太っ」

と翔平が健太を呼ぶ。

「はいっ」

健太が生きの良い返事をする。ち×ぽを入れられると思ったのか。

「美月のケツの穴を舐めろ」

と翔平が言った。

「け、ケツの穴、ですか」

健太の顔が一瞬強張《こわば》る。

「嫌か」

「いいえっ。喜んで舐めさせていただきますっ」

健太が美月の背後にまわった。尻たぼを掴んでくる。それだけで、下半身がぞくぞくしてくる。尻たぼを広げられた。

尻の穴に、健太の視線を感じる。いつの間にか、尻の穴も鋭敏になっていることに気づく。舐められたら、どうなるのか……。

「ああ、これ、ケツの穴かいっ。うそだろうっ」

と健太が叫ぶ。

「どうした、健太」

と拓也も後ろにまわる。

「綺麗すぎますよっ、ああ、誘ってますっ、俺に見られて、ひくひく誘ってますっ」

と健太が上《うわ》ずった声をあげる。ケツの穴を舐めろ、と命じられた時、ほんの一瞬顔を引きつらせたことがうそのようなはしゃぎっぷりだ。

「ほう、これは綺麗だ。処女だな」

と拓也が言う。美月は健太だけでなく、拓也の視線もはっきりと尻の穴で感じていた。

「それはいい。迫田は女のケツの穴が好きみたいなんだよ。もちろん、処女穴だ」

「手土産で持って行ったら、すぐに、尻の処女を破りたがるだろうな」

拓也の息が、美月の尻の穴にかかる。

「そうだな。すぐに破れるようにしておこう。健太、ケツの穴をほぐすんだ」

「はいっ、翔平さん」

健太は元気よく返事をして、美月の尻の狭間に顔面を埋めてくる。それだけで、尻の穴だけではなく、前の穴もざわざわしてくる。

健太がぺろりと舐めてきた。

「あっ……」

ひと舐めで、声をあげてしまう。

「ほう」

と翔平の目が輝く。健太はぺろぺろ、ぺろぺろと尻の穴を舐めてくる。ざらざらした舌が忍んでくるのがたまらない。

「ああ、ああ……」

声を出すまいと思っても、どうしても出てしまう。これまでの人生で、尻の穴を舐められたことはない。初体験だ。副作用のこともあり、覚悟はしていたが、まさか、こんなに感じてしまうとは。

尻の穴が感じると、前の穴もいじって欲しくなる。太いもので塞がれたくなる。どんなに気持ちいいだろうか。

美月は健太の尻の穴舐めに悶えつつ、翔平と拓也のペニスを熱い目で見つめてしまう。

「あ、ああ……ああ……翔平様……拓也様」

「どうした、美月」

「おち×ぽを……ください」

「前の穴も塞がれたいか」

「は、はい……」

「じゃあ、牝化薬を持ってくると約束するな」

「それは……できません……攫った女を牝化するために使うのでしょう」

「そうだ」

「私が……女を牝化させることの……手伝いなんて……出来ません」

「そうか。残念だな」

翔平が手を美月の股間に伸ばしてきた。クリトリスを摘まむ。ひねられるのかと期待したが、優しくころがしてくる。拓也も乳首を摘まんできた。こちらもじらすようにころがしてくる。

「ああ、ああ、もっと強く……ひねってください……クリも……ああ、乳首も潰していいです」

美月は思わず、恥部をせり出していた。が、翔平も拓也も優しくいじってくるだけだ。おま×こがむずむずしてたまらなくなる。

「入れてっ、ああ、おち×ぽ入れて、いかせてっ」

と美月は叫ぶ。

「牝化する媚薬を持ってくるかい、美月」

と聞きつつ、翔平がペニスの先端で、割れ目をなぞってくる。すると、ぴっちりと閉じていた割れ目が、じわっと開きはじめた。鎌首を咥えこもうとする。

「どうなんだ、持ってくるか」

「出来ません……」

そうか、と言うと、ずぶりと突き刺してきた。

「ひいっ」

からだのあちこちで歓喜の火柱が噴き上がった。めらめらと脳髄を焼いてくる。

翔平は激しく抜き差ししてくる。尻の穴を舐められながらの、ピストン責めはたまらない。

「いい、いいっ、いいっ」

アクメの高波が迫ってくる。

「おう、凄まじい締め付けだぜ。やっぱり、女はふたつの穴をいっしょにやるのがいいな」

責めている翔平もうなっている。

「あ、ああっ、いきそうっ、ああ、いきそうですっ」

「薬を持ってくるか」

「だめですっ」

と叫ぶなり、ペニスの動きが止まった。

「あっ、だめっ」

むずかるように鼻を鳴らす。

「あ、あんっ、翔平様……いかせてください……ああ、そのおち×ぽ、動かしてください」

じれた美月の方から恥部を前後に動かしはじめる。が、かえって、じれったさが増すだけだ。いけそうでいけず、気が変になりそうだ。

「いかせてっ、ああ、いかせてくださいっ」

美月は必死に嘆願する。この姿を宗政が見たら、絶望するだろう。

「薬を取ってくるかい、美月」

「それは、無理ですっ」

「そうかい」

と翔平がペニスを抜いていく。と同時に、拓也も乳首から手を引いていった。健太だけ、尻の穴を舐め続けている。

「あっ、どうしてっ」

「どうしてはないだろう。俺の言うことが聞けない牝は、一生寸止めだ」

「そんな……」

美月は自分の愛液でぬらぬらの翔平のペニスを、恨めし気《げ》に見つめてしまう。ペニスが引かれても、股間の疼きは止まらない。ずっと尻の穴に刺激を受けているからだ。

健太は片時も、舐めるのを止めない。勝手に止めたら、大変なことになるのかもしれない。いや、そんなことは関係なく、舐めるのをやめられなくなっているのだろう。

なぜなら、舌使いに、愛を感じるからだ。

いやいややっているのではない。喜んで舐めているのが伝わってくる。

「はあっ、ああ……いかせてください……いきたいんです」

美月の視線は、反り返った翔平のペニスから離れない。

「牝化する薬をよこすんだ、美月。持ってきたら迫田に会わせてやるんだぞ。大盤振る舞いじゃないか。なにが不足だ」

「ち×ぽ、ち×ぽが不足ですっ」

これかい、と翔平がいきなり真正面からずぶりと突いてきた。

「いいっ！」

翔平はずどんずどんっと激しく突いてきた。両手を吊り上げている鎖がジャラジャラと鳴る。

「ああ、ああああああっ、いきそう、ああ、ああ、もういきそうですっ」

これで天国に往けると思った瞬間、ペニスを抜かれた。

「あっ、うそっ」

美月がどの瞬間いくのか手に取るようにわかっているような動きだった。他人の、しかも女のからだなのに、どうしてわかるのか。

「薬、取ってくるかい」

汗ばんだ腋の下を指先でなぞりつつ、翔平が聞く。

「あ、ああっ、あああっ」

腋撫ででもいきそうな気がする。が、いきそうな気がするだけで、やはりいけない。

そのじれったさに変になりそうだ。

「おねがいですっ、いかせてください。おち×ぽぶちこんでっ」

美月は翔平のペニスを見つめつつ、吊られた裸体をうねらせて誘う。あぶらを塗ったように汗でぬらぬらになっている。部屋の中が、美月の体臭でむせんばかりだ。

「薬を取ってこいと言ってるんだ、美月」

「取ってきますっ。取ってきますから、いかせてくださいっ」

ついに美月は屈服した。

「今の言葉、忘れるなよ」

そう言うと、翔平がずぶりと突き刺してきた。いきなり激しく突いてくる。しかも、ひと突きひと突きが、美月のおま×この急所を突いていた。

さっき、何度も突きつつ、一番感じるところをペニスで探っていたのだ。

「いい、いいっ、おち×ぽ、おち×ぽ、いいっ、あ、ああっ、いきそうっ、ああ、いきそうですっ」

恐ろしいほどの高波が、美月に迫ってくる。寸止めを恐れつつも、美月自身も腰を振る。

高波が目の前まで来ても、子宮を突かれ続けた。

「ひ、ひいっ……いく、いくっ、いくいくいくいくっ！」

美月の頭もからだも真っ白になった。ひたすらいまわの声を叫び続け、吊られている裸体をがくがくと痙攣させた。

一度ではなく、二度三度と続けていっていた。

数分ほども、美月の意識は真っ白く飛んでいた。現実に戻り、はっと目を見開く。すでに翔平はペニスを抜いていた。驚くことに、射精していなかった。

「出さなかったんですね……」

「薬を持ってきたら、俺のザーメンでいかせてやるぞ、美月」

そう言いつつ、汗まみれの腋の下を指先でなぞってくる。

「あっ、ああ……」

腋の下でいきそうになる。が腋ではいけない。尻の穴がむずむずしたままだ。

「健太……まだ、舐めているのね」

首をねじって背後を見ると、健太は変わらず、美月の尻の狭間に顔を埋めていた。

2

健太の運転でナンパ橋へと戻った美月は、橋を渡りながら腕時計に仕込まれた隠しスイッチを押した。これで回収を要請する信号が発される仕組みだ。

表通りに出てしばらく待っていると、すうっと黒塗りのバンが横付けしてくる。

万が一、中和剤が必要になったり、不測の事態が起こった時にのみ許されている回収の手順だった。

「長瀬警部補、どうぞ」

バンのスライドドアが開き、中から女性の声がした。

その声には覚えがある。勢い込んで後部座席をのぞくと、かつての部下の工藤千里が座っていた。

「千里っ」

「はやく、乗ってください。刑務所までお送りしますから」

美月が乗り込むと、すぐにバンは発車した。運転手も女性だった。恐らく捜査官だろう。

「千里っ。元気だった？」

「はい。美月さん……」

千里は私服だった。白のブラウスに紺のパンツスタイルだ。

一方、美月は黒龍から与えられた服を着ていた。ニットのワンピース。女らしい身体の曲線がもろに浮き上がるタイプだった。しかも、ノーパンにノーブラだった。

豊満な乳房の形がもろにわかる。しかもとがりきったままの乳首のぽつぽつが露骨に浮き出ていた。

美月のからだは、翔平相手にいかされまくっても、まだ収まっていなかった。

千里を前にしても、美月の脳裏には、勃起したペニスが占めていた。それで、はっと気づいた。どうして女性捜査官だけで、迎えに来たのか……男性捜査官だったら、美月がペニスを欲しがるかもしれないと、宗政は判断したのだろう。

懲役を終えて再会したら、あれも話そう、これも話そうと、と思っていたが、いざ、千里を前にすると、なにも言葉が出てこない。

それは千里も同じかもしれない。じっと、美月を見つめているだけだ。が、それで良かった。言葉などいらない。千里の元気な顔を見れて良かった、と思った。

「一台、つけています」

と運転手の女性がそう言った。

「撒《ま》きます」

いきなり車のスピードが上がった。

「また、美月さんのお手伝いが出来てうれしいです」

「千里……」

「迫田をずっと探しているのですけど、なかなか、見つからなくて」

「黒龍が知っているらしい」

「えっ……」

バンが急カーブを描いた。上体が斜めにずれて、ニットワンピが乳首を強くこすった。その瞬間、鮮烈な電気が走った。

不意をつかれた美月は千里の前で、はあんっ、と甘い声をあげてしまう。

「美月さん……」

「しつこく尾《つ》けてきますっ」

刑務所の場所を知りたいようだ。それは教えるわけにはいかない。

「ひとけのない場所で、止めて。私が始末するから」

「えっ……」

「打たれているの。強化剤を」

「強化剤……」

「その副作用で、乳首がずっと勃っているの、あそこがぐしょぐしょに濡れているの」

「美月さん……」

またバンが大きく曲がった。ふたつの乳首がこすられ、

「はあっんっ」

とまたも美月は甲高い声をあげる。

「宗政班長がどうして、女性捜査官ばかり寄越したのかわかる？」

「いいえ……」

「男がこの場にいたら、私が襲うかもしれないからよ」

「美月さんが、襲う……」

バンが止まった。背後で急ブレーキを掛ける音がする。

「見てて」

と言うと、美月はスライドドアを開き、外に出た。

川辺だった。真っ昼間だ。腕時計を見ると、２８１５になっている。

美月は十メートルほど離れて止まった車に向かっていく。ニットワンピの裾は短く、すらりとした生足が眩白く浮き上がっている。

「出てきなさい」

と美月が車に向かって言ったが、誰も出てこない。美月は助手席のドアを開くと、中に手を入れた。

おうっ、という驚きの声と共に、若い男が宙に放り出された。

さらにパワーがついていることを知る。車が動き出そうとしたが、止まった。助手席に乗り込んだ美月が運転手の頬を殴ったのだ。男は一発で伸びて、ブレーキを踏んでいた。

美月はキーを抜き、助手席から出た。すると、後部座席から屈強な肉体をもった男がふたり出てきた。黒龍のメンバーではない。ふたりともレスラーのような体格をしていた。

美月は駆け寄るなり、右手の大男の前でジャンプした。そして、長い足を伸ばして、大男の鼻を蹴ろうとした。

が、大男はぎりぎり丸太のような腕でガードした。が、ガードしつつ、吹っ飛んでいた。

それを見て、スキンヘッドのもう一人の大男が笑う。

「すごいな。惚れたぜ、姉ちゃん」

と言うなり、大股で近寄ってくる。そして、まったく手加減なしのパンチを繰り出してきた。

美月はさっとしゃがむなり、スキンヘッドのすねめがけ、スライディングをかけた。見事にヒットして、スキンヘッドも倒れていく。

美月はスキンヘッドの太い首を太腿で挟むと、ぐぐっと締め上げていく。

い。

「う、うう……うぐぐ、うう……」

スキンヘッドは丸太のような腕で美月の太腿を外そうとしてくるが、びくともしない。

「うう、うう……」

「すごいですね」

スキンヘッドが白目を剝いた。

背後で千里の声がした。

美月はスキンヘッドを見下ろしていた。スキンヘッドはジャージを穿いていて、股間がもっこりとふくらんでいた。

美月はその股間から目を離せなくなっていた。

「行きましょう、美月さん」

と千里の声がする。

美月はその場にしゃがんでいた。そして、ジャージの股間を摑んでいた。

「な、なにしているんですかっ」

硬かった。失神していたが、ペニスは反応していた。ぐっと摑むと、大きくなっていく。

欲しい、と思った。入れたい、と思った次の瞬間、美月はジャージをブリーフと共に引き下げていた。

弾けるようにスキンヘッドのペニスがあらわれた。体格と同じように、ペニスも巨大だった。それを見た瞬間、美月はスキンヘッドの股間を白い足で跨いでいた。そのまま、腰を下ろしていく。

ノーパンで良かったと思った。パンティを脱ぐ時間さえ惜しかった。

「なにしているんですかっ」

千里が驚きの声をあげる。

美月は逆手で巨根を持つと、そのまま割れ目に当てた。ぐっと腰を下げていく。と同時に、ずぶずぶと垂直に極太ペニスが入ってきた。

「いいっ！」

一発で、美月は絶叫していた。悪党相手にファイトしたことで、より感度が上がっていた。

美月は腰をうねらせはじめた。が、すぐに物足りなくなり、上下に動かしはじめる。ずぶずぼと巨根が出入りする。

「いい、いいっ、あああっ、いいっ」

「美月さん。やめてくださいっ」

千里が美月の腰に抱きついてきた。そして、悪党のペニスを美月の穴から抜くべく、腰を引き上げようとする。

「邪魔よっ」

と美月が腕を振る。すると、一発で千里は振り飛ばされた。あっ、とアスファルトに尻餅をつく。

「大丈夫ですかっ」

と運転手の女捜査官がやってきた。長身で、ボブカットが似合う美形だった。千里と同じ、白のブラウスに紺のパンツスタイルだった。それが、抜群のプロポーションゆえ、とても似合っている。

「ああ、止めてっ、長瀬警部補を止めてっ」

と千里が叫び、はいっ、と長身の美形が美月に迫る。

「ああ、おち×ぽっ、いいっ、おち×ぽいいのっ」

美月はスキンヘッドの極太ペニスをおま×こ全体で、いや、からだ全体で貪り食らい続けている。

「いきそう、ああ、いきそうっ」

「長瀬警部補っ、やめてくださいっ」

と長身美形が抱きついてきた。

「あ、ああっ、い、いく、いくいくいくうっ」

美月は長身美形に抱きつかれたまま、いまわの声をあげた。

その瞬間、隙が出来ていた。長身美形が、いく、と叫び続ける美月の身体をぐぐっと持ち上げていった。

「ああ、おち×ぽっ、抜かないでっ」

美月の女穴から極太のペニスが抜けていく。

長身美形は美月をスキンヘッドの脇に下ろした。美月はすぐに、おち×ぽっ、と自らの愛液まみれのペニスに手を伸ばしていく。

「長瀬警部補っ」

と長身美形が美月にビンタを見舞った。

「しっかりしてくださいっ」

とさらにパンパンと手加減なしに、美月の頬を張っていく。

美月は圧倒され、そして我に返った。

3

「はやく中和剤を打ってくださいっ」

刑務所に戻ると、所長室に宗政特別捜査班班長が待っていた。

「失神させた黒龍の手下とやったそうだな」

「やりました。今も、やりたいですっ」

宗政を見た途端、美月の身体は再び疼きはじめていた。

「俺とやりたいのか」

「やりたいですっ」

「そうか」

と言うと、宗政は立ち上がり、スラックスのベルトを緩めはじめた。

「班長……」

美月の背後に立つ、千里と立花冴子《たちばなさえこ》が驚きの声をあげる。冴子は長身美形の巡査部長だ。

宗政がスラックスをブリーフと共に下げていった。半勃ちのペニスがあらわれ、千里と冴子が視線をそらせた。一方、美月は目を光らせ、宗政に迫っていく。

それにつれ、ペニスがぐぐっと頭をもたげていく。

「ああ、すぐに入れてください」

と言うなり、美月はニットワンピの裾を摑み、一気にたくしあげていった。

豊満なバスト、折れそうなほどくびれたウエスト、淡い陰り、そしてすらりと伸びた脚線。

見事過ぎる裸体があらわれた。乳首はつんととがりきり、やや汗ばんだ肌からは、男を、いや牡を誘うようなフェロモンが出ている。

「入れて欲しいか、長瀬警部補」

「欲しいです」

美月は上司のペニスしか見ていない。宗政を見た瞬間から、おま×こがむずむずしてたまらなくなっていた。

もう、末期症状だった。

「じゃあ、穴を見せてみろ。穴を見せながら、誘ってみろ、長瀬警部補」

「そんな……」

と言ったのは千里と冴子だった。美月は違っていた。わかりました、と返事をして、班長に迫ると、すうっと通った割れ目に指を添え、そしてくつろげていった。

宗政の前に、美月の花園があらわれる。

「ああ、これはっ」

宗政はうなり、思わず、しゃがんでいた。美月の発情しきった媚肉を間近で見たいのだろう。当然だ。

「ああ、班長……美月のおま×こに……ああ、そのたくましいおち×ぽ、入れてください」

「これは、すごい効果だ」

「はやく入れてっ」

見られるだけで我慢出来なくなった美月は、その場に、宗政を押し倒していった。

股間を跨ぐと、ペニスを摑む。班長のペニスは鋼鉄のようだった。握っただけで、どろりとおんなの穴から大量の愛液が出た。

割れ目に鎌首を当て、そのまま咥えようとした時、尻にチクリとした痛みを覚えた。

すると、すうっと淫《みだ》らな感情が、淫らな熱が冷《さ》めていく。

はっと我に返った。班長の腰を跨がり、ペニスを握っていることに気づき、いやっ、と立ち上がる。

振り向くと、白衣の女が注射器を手にしていた。美月に強化剤を注射した女だ。

宗政が下げたスラックスをブリーフごと引き上げた。美月の視界からペニスが消える。するともう、完全に正常に戻った。

裸でいることに気づき、あわててニットワンピに足を通す。バストの隆起がもろにわかり、たまらなく恥ずかしさを覚えた。

「しかしすごい効果だな」

ソファーに腰掛けた宗政が感嘆の目で美月を見つめる。

「二号が私の目の前でいき死にしました」

「そうか。いき死にか……」

「はい……」

「黒龍は殺ったのか」

「いいえ、まだ……」

美月は小さくかぶりを振る。

「薬を取って来いと言われたのだろう」

「はい……そうです」

どうしてわかるのか、という目で美月は班長を見た。

「黒龍は女関係に特化した半グレだからな。おまえの発情ぶりを見せられたら、女に使いたくなるだろう」

「攫った女優やグラビアアイドルに使いたいと言っていました」

「なるほど。手を広げるんだな。はやく壊滅させないと、また、女性の被害者が増えてしまう。いき死にする女が増えてしまう」

「はい……」

「それで、褒美はなんだ」

「迫田に会わせると……」

「迫田にっ」

いきなり、宗政の表情が変わった。

「黒龍が迫田の居所を知っているというのかっ」

宗政が身を乗りだしてくる。目の色が変わっていた。

「黒龍の翔平は人身売買を手広くやろうとしたら、迫田に行き当たったと言っていました」

「なるほど。迫田は人身売買組織の裏のフィクサーになっている。それは確かだ」

「じゃあ、迫田を挙げれば、かなりの女性が助かるということですね」

「そうだ。迫田に接近するんだ」

「黒龍の壊滅は？」

「それは後でいい。黒龍の要求を呑んで、迫田と会うんだ」

高科《たかしな》くん、と宗政が白衣の女を呼ぶ。

「出してくれ」

はい、と高科と呼ばれた女が、白衣のポケットから鍵を出し、壁際《かべぎわ》の棚を開け、中から箱を取りだした。

美月の前まで持って来て、箱を開く。そこにはずらりと、薬が入った小瓶が並んでいた。

「二ダースある。すべて本物だ。実験するだろうからな。偽物を渡してもすぐにばれる。黒龍はいいから、迫田に接近して、捕らえろ」

「もしかして、本命は迫田なのではないですか」

「いや、黒龍の壊滅が目的だった。工藤と立花をバックアップにつける」

「わかりました。黒龍に戻ります。ただ、中和剤もセットにしないと打たれた女性が……牝になります」

「牝にさせるために打つのだろう。中和剤など付けても使わないだろう」

「しかし……」

「わかった。中和剤も出してやれ」

と宗政が高科に命じる。はい、と高科があらたな鍵を取り出し、下の棚を開き、あらたな箱を出した。

「この中にも二ダース中和剤が入っている」

「ありがとうございます」

美月は頭を下げて、箱を受け取る。そして、

「戻ります」

と言った。

「戻る前に、注射を打つんだ」

「注射……」

「強化薬だ」

「それを打てばまた……」

美月は宗政のスラックスの股間に目を向ける。

「迫田に会うのだろう。発情していた方が、都合がいいのではないか」

「班長……私は、迫田に犯されたりしません」

「そうだな。悪かった……とにかく、注射は打て、強化剤なのだから。発情するのは、あくまでも副作用だ」

美月はふと、副作用でパワーアップしているだけで、これは媚薬がメインなのでは、と思った。

いや、さすがに警察が媚薬を開発することはないか……。

「どうした」

「いいえ、なにもありません」

失礼します、と高科が美月の二の腕に注射針を刺した。

チクリとしたが、クリトリスがはやくもその痛みに疼いていた。

4

「約束通り、持ってきました。翔平様」

刑務所を出て一時間半後、美月は黒龍の幹部の部屋にいた。あらたな強化剤を打って二時間ほどが経過している。

幹部の部屋には翔平に拓也、そして悠斗が待っていた。驚くことに、みんな服を着ていた。Tシャツにジーンズ姿だった。いつも股間にしゃぶりついている女たちはいなかったが、別の女がいた。

美月に代わって万歳の形に吊り上げられていた。かなりの美形だった。こちらは素っ裸だった。お椀型のバストは目を見張るほど豊満だった。

女は美月を見て、

「助けてっ」

と叫んだ。両腕を吊り上げている鎖をジャラジャラ鳴らす。

「さやかで試してみるか」

と翔平が言い、そうだな、と美月から悠斗が箱を受け取り蓋を開いた。強化剤が入ったアンプルがずらりと並んでいる。

「二ダースあるな」

箱をテーブルに置くと、引き出しを開く。そこには、注射器が並んでいた。そのひとつを取り、アンプルから液体を吸い取っていく。

「な、なにを、するの……ですか……」

さやかと呼ばれた美形の女が声を震わせる。

「この女は真澄さやかっていうグラビアアイドルなんだよ。売り出し中ってとこかな。

こいつを闇の世界で売りたいんだが、とにかくお堅い女でね。ち×ぽ好きにさせたいんだよ。アンプルの中身が本物かどうか試すにはちょうどいい」

と翔平が言う。その間に、悠斗の手により、強化剤という名の媚薬が注射器に吸いあげられた。

それを手に、悠斗が全裸のグラビアアイドルに近寄る。

「い、いやっ、それ、覚醒剤でしょうっ、いやいやっ、絶対、いやですっ」

「安心しな。やばい薬じゃないんだ。その捜査官のお墨付きだ」

と言って、悠斗が美月を見やる。

「そ、捜査官って……あ、あなたっ、捜査官なのっ。助けてっ、私、売られようとしているのっ。助けてっ」

さやかが泣き濡れた瞳を、すがるように美月に向けてくる。

美月はさやかから目をそらした。助けたかったが、美月の脳裏には迫田のことしかなかった。迫田に接近し、捕らえる。

それが宗政班長からの命令であり、そして、なにより、美月の望みだった。

「あなたっ、捜査官なら、ああ、助けてっ。どうして助けてくれないのっ」

さやかの悲痛な叫びが部屋の空気を震わせる。

「悪いな、さやか」

悠斗がさやかの二の腕を掴む。

「いやいやっ、覚醒剤は打たないでっ」

「だから、覚醒剤じゃないってば。俺たちはヤクはやらないんだよ。健全なワルなんだよ。なあ、翔平」

と悠斗が翔平に聞く。

「そうだ。俺たちはヤクはやらない。女専門だ。だから安心しろ」

「なにを安心しろって言うのっ。ああ、女を裸にして、吊ってっ……ああ、注射を打つなんてっ」

悠斗が注射針をさやかの二の腕に突き刺した。

「ひいっ！」

と絶叫し、さやかが白目を剥いた。恐怖が頂点に達して、気を失ったようだ。

「健太。クリを舐めろ」

と翔平が言うと、はいっ、と部屋の隅で正座をしていた健太が立ち上がって、こちらにやってきた。健太は金髪を黒に染めていた。そして短髪にカットしていた。

『金髪似合わないわよ。そうねえ。黒く戻して短髪にしなさい。さっぱりするの。その方が似合うわ』

健太の童貞を奪った時に言ったことを、健太はしっかりと覚えて、行動にしていた。

健太はまだ私の手足になる。

健太は裸のままだった。ペニスは天を向いている。アンダーからメンバーに昇格したはずだったが、違うのか……。

ペニスを目にした美月はドキンとした。健太のペニスから視線を離せなくなる。

健太も美月を見ていた。美月はニットワンピ姿だ。ノーブラの胸元が露骨に乳房の形を浮き上がらせている。

「健太、おまえ、この真澄さやかのファンだったよな」

「はいっ。ＤＶＤ三本全部持っていますっ。デジタル写真集も四冊全部持ってますっ」

と健太が息を荒げる。

「良かったな、健太。美人捜査官とやれて、次はグラビアアイドルにクンニできるんだぞ」

と翔平が言う。

「黒龍に入って最高ですっ」

健太はさやかの前に立つと、しゃがんでいった。さやかはパイパンだった。グラビアアイドルという職業柄、恥毛を脱毛しているようだった。

剝きだしの割れ目がぴちっと閉じている。その上で息づく小さな肉の芽に、健太が顔を寄せていく。舌を出すと、舐めはじめる。

ぺろ、ぺろ、ぺろと舐めあげていく。

なぜか、美月のクリトリスが疼く。

健太のクリ舐めが続く。健太は片時も舌を休めることはなかった。

「こいつのクリ舐めはしつこいんだよ、美月。な、さっきケツの穴をしつこく舐められたよな」

翔平に言われ、ますます美月のクリトリスが疼く。それだけではない。尻の穴までむずむずしはじめた。もう、強化剤という名の媚薬が効きはじめてきている。

気を失ったままのさやかの腰がぶるっと動いた。

「はあっ……あん……」

と唇からかすれた声が洩れはじめる。

「もう効いてきたようだな。このグラドルはマグロ過ぎて、困っていたんだよ。今は、マグロから自分の手で開発する客は減って、いきなりいきまくる女が好まれるんだよ。映画だって、早送りで観る時代だからな」

女と映画は違う。が、翔平たちはいっしょにしている。女も娯楽のひとつに過ぎないのだ。

「あっ、ああっ」

さやかが目を覚ました。

大きな瞳が潤《うる》んでいる。覚醒剤の恐怖で流した涙ではなく、からだの疼きで潤ませた瞳だ。恐らく、花園も濡らしているだろう。

「あっ、あ、あんっ……えっ、なに、なにっ……いやいや、舐めないでっ、クリから口を引いてっ、いやいやっ、あ、あんっ、やんっ、いやっ、ああ、あんっ」

さやかは混乱していた。

股間に好きでもない男が顔を埋め、クリトリスを吸っているのに、からだを熱くさせていることに戸惑っているのだ。

悠斗がさやかの豊満なバストに手を伸ばした。

「いやっ、触らないでっ」

と叫ぶ中、むんずと掴む。

すると、あっ、と甘い声を洩らした。悠斗はそのまま、こねるように揉《も》みしだいていく。

「あ、ああ……あんっ、やんっ……いや、だめっ……あ、ああんっ」

吊られているさやかの裸体が見る見ると汗ばんでいく。

それを見ている美月もたまらなくなってきていた。欲しい。健太のペニスをぶちこまれたい。

悠斗がバストから手を引く。乳輪に眠っていた乳首が、つんととがってふるえている。

「はあっ、ああ、ああっ……いやいや、ああ、変なのっ……ああ、さやかのからだ……ああ、なんか……ああ、変なの」

「いきそうか、さやか」

と翔平が聞く。

「いくってなにっ……さやか……あああっ、いったことないの……あああ、いくなんて、ないですっ。絶対、ああっ、ないのっ」

さやかの吊られた裸体ががくがくと震えはじめる。

健太は変わらず、グラドルの股間に吸い付いている。悠斗があらためて、ぷりぷりバストを鷲掴みにした。ぐぐっと揉みこんでいく。

「あ、あああっ、あああっ、なに、なにっ……あ、ああっ……い、いく、いくいくっ」

さやかがいまわの声をあげて、吊られた裸体を痙攣させた。

それでもまだ、健太はさやかのクリを吸っている。

美月は吊られているさやかに迫っていった。それを見ても、翔平も悠斗もなにも言わなかった。

美月はさやかを助けることなく、右手で健太の黒髪を掴むと、ぐっと引いた。そして左手でニットワンピの短い裾をたくしあげると、剝きだしの恥部に、健太の顔面を押しつけていった
「うぐぐ、ううう……」

健太はうめいたが、美月が命じる前に、クリトリスに吸い付いてきた。

「ああっ、いいっ」

ひと吸いで、美月は歓喜の声をあげていた。強化注射は二度目だったが、間違いなく、一度目よりも媚薬の副作用が上がっていた。

健太は最初から強めに吸ってきていた。美月の欲情ぶりがわかるのだろう。舐めダルマとしては一流だ。

「ああっ、嚙んでっ、ああ、嚙んでいいわよっ、健太っ」

そう叫ぶと、健太は言われるまま、クリトリスの根元に歯を当ててきた。それだけ

で、ぞくぞくする。

健太はすぐに嚙まず、ひとじらししてから、がりっと強めに嚙んできた。

「ひいっ」

美月は絶叫していた。なおも、がりがり嚙んでくる。

「いく、いくいくっ」

美月もいまわの声をあげていた。

5

一夜明け、美月はバンの後部座席に座っていた。

右隣には翔平、左隣には拓也が座っている。翔平も拓也もシャツにパンツスタイルだった。それなりにTPOはわきまえているのだろう。

美月は裸の上からレザーのノースリーブボディスーツを着ていた。フロントがジッパーになっていて、それでバストの隆起をどれだけ見せるか調整が出来た。

これは黒龍が用意したものだった。レザーのノースリーブボディスーツは迫田の趣味だ。股間は超ハイレグで、すらりと伸びた脚線はあらわだったが、それは網タイツに包まれていた。これも迫田の好みだ。

しかも、股間にもジッパーがついていて、そこだけ、開けられるようになっている。後ろはTバックだ。

美月は深紅の首輪を嵌めていた。レザーのボディスーツは黒だ。首輪には鎖の手綱《たづな》がつき、今は、拓也が手にしている。

迫田に会うべく、指定された場所に向かっていた。このバンは千里と冴子が尾けているはずだ。美月のうなじに仕込まれたGPSで見失わないはずだった。

翔平がボディスーツの股間に手を伸ばしてきた。さっそく、ジッパーを下げる。するとわずかな恥毛に飾られたおんなの割れ目があらわれた。

「エロいな。迫田も喜ぶだろう」

と言いつつ、クリトリスを摘まんでくる。すると、それだけで、目が眩《くら》むような電流が走った。

「はあっんっ」

と思わず、ひと摘まみで愉悦の声をあげてしまう。

すると左から拓也が胸元に手を伸ばしてきた。フロントジッパーを下げていく。すると、たわわなふくらみがどんどん露わになっていく。

乳首まであらわれた。すでにつんととがりきっていたその乳首を、拓也が指で弾いてくる。

「あうっ、うんっ……」

乳首に雷が落ちたような衝撃を受けて、美月はレザーのボディスーツに包まれた肢体をがくがくと震わせる。

「すごいな。ますます牝化しているじゃないか」

クリトリスを強めにひねりつつ、翔平がそう言う。

「これは強化剤ではなくて、媚薬のほうがメインじゃないのか。強化効果が副作用なんじゃないのか」

乳首をぴんぴん弾きつつ、拓也がそう言う。

「警察が媚薬は作らないだろう」

と翔平が言う。クリトリスを強めにひねってくる。

「あうっ、う、うんっ」

美月は女の急所の二カ所責めに、喘《あえ》ぐばかりだ。性感帯を責められていると、思考が鈍ってくる。これから、迫田に会うというのに、頭がまわらなくなっている。ち×ぽのことしか考えられなくなってくる。まさに牝化だ。

しかも、まだ四十八時間経っていないのだ。四十八時間過ぎる前に、中和剤を打たなかったら、いったいどうなってしまうのか。

迫田のち×ぽでいきまくって、いき死にする姿しか思い浮かばない。

「どうなんだい、美月」

と拓也が聞く。美月はその答えとして、

「おち×ぽをください」

と口にしてしまう。

「ち×ぽは迫田のを入れてもらえ」

翔平がそう言うと、

「いやっ、絶対いやっ」

と美月は叫んでいた。

翔平と拓也が目を見張り、そして、そうかい、とにやりと笑う。

「ますます、手土産として出すのが楽しみだな」

「おち×ぽをっ、くださいっ」

「迫田に会うまで我慢しろ。会ってすぐに、迫田のち×ぽを欲しがればいい。そうしてくれると、商談もスムーズにいく」

と言いつつ、翔平がクリトリスをさらに強くひねってくる。それを見て、拓也もふたつの乳首を摘まみ、強くひねりはじめる。

「あああっ、あああっ、いい、いいっ……ああ、いいのっ」

からだが燃え上がる。あっという間に全身の細胞がぷつぷつと弾けていく。

「いい、いいっ……」

いきそうになる。高波が迫ってくる。いく、と思った時、さっとクリと乳首から手が引かれた。

まったく同時に、引かれていた。

「あっ、やめないでっ、ああ、翔平様っ、拓也様っ、やめないでくださいっ」

美月は思わず、黒龍の幹部をすがるような目で見つめていた。剝きだしの肌は汗ばみ、バンの中が美月の汗の匂いでむせんばかりになっている。

「おち×ぽっ、出してくださいっ。嵌めてっ、入れてっ、突っ込んでっ」

美月が叫ぶ中、翔平が網タイツ越しに太腿を撫ではじめた。拓也は美月の腕をあげて、二の腕の内側から腋の下をなぞりはじめる。

「はあっ、あああっ、あああっ」

じれったすぎる刺激がたまらない。

「ああ、ああっ、おち×ぽを入れてっ、ぶちこんでっ」

美月はじらされ続け、気が変になりそうだった。


車はさびしい郊外の道に入り、そこから一時間ほど走っただろうか。やがてバンが止まり、運転していた健太が先に降りてスライドドアを開いた。健太はTシャツにジーンズだった。

股間と胸元のジッパーを上げ、割れ目と乳首を隠すと、先に降りた拓也が、ぐいっと手綱の鎖を引いた。ジャラジャラと不気味な音を立てる。

「あうっ……」

引かれるまま、美月も降りた。

目の前に大きな洋館が建っていた。その玄関に、でっぷりと太った男が立っている。

「迫田、迫田だなっ」

美月は思わず走り出そうとした。が、すぐに手綱の鎖を引かれ、後ろに転倒した。

「四つん這いだっ」

と、拓也がどなる。美月は鬼の形相で迫田をにらんでいる。迫田はレザーのボディスーツ姿であらわれた女捜査官を見て、うれしそうにしている。

その笑顔に、さらに怒りがつのる。扇情的なボディスーツに網タイツまで穿いて迫田を喜ばせていることが悔しい。

「四つん這いだ、美月」

と翔平が背後から剝きだしの尻たぼを張った。

「あうっんっ」

尻を張られるだけで、からだがせつなく痺れる。

「這えっ」

とさらにぱんぱんっと尻たぼを張られた。すると美月は思わず、

「あんっ、やんっ」

と甘い声をあげてしまう。

それを聞いて、迫田がほう、という表情になる。

美月は地面に両膝をついた。そして両手を伸ばすと、四つん這いの形をとった。屈辱だった。

どうして迫田を前にして四つん這いにならなければならないのか。

両手両足を伸ばして、這い進んでいく。迫田のにやけた顔が近づいてくる。

だめだっ。もう我慢出来ないっ。

「迫田っ！」

美月は鎖を手にすると、ぐいっと引いた。拓也の手から鎖が離れ、自由になる。

美月は立ち上がると、鎖をじゃらじゃら鳴らしつつ、迫田に向かって駆け出した。

が、すぐに走る勢いが落ちる。

とがりきったままの乳首と、クリトリスが強くレザーのボディスーツにこすれるのだ。それでも迫田憎しで走ったが、せつない快感に足を止めてしまう。

胸が苦しい。乳房がぱんぱんに張っている。

美月は迫田まで五メートルまで迫ったところで立ち止まると、自らの手で胸元のジッパーを下げていった。

解放された豊満なふくらみがぷるるるんっと弾けでる。

「ほう、おまえから進んでおっぱいを出すとはな。これは驚いた」

追いついた拓也が背後から手を伸ばし、乳房を摑んできた。手のひらで乳首を押しつぶすようにして、こねるように揉みしだいてくる。

「あっ、あああっ」

美月は迫田の前でレザーのボディスーツに包まれた肢体をくねらせていた。

それを迫田がにやにやと見つめる。その顔が憎らしい。握り拳を顔面に埋め込みたい。

が、なぜなのか、憎き迫田に見られていると、さらに乳房揉みにからだが熱くなっていく。乳首がじんじん痺れていく。

迫田が近づいてきた。

「久しぶりだな、美月警部補」

「迫田っ。おのれっ。殺してやるっ」

迫田のあぶらぎった顔が近づくと、あらたに憤怒《ふんぬ》がこみあげてくる。

が、乳房揉みでとろけた身体は言うことをきかない。

間近に迫った迫田がボディスーツの股間に手を伸ばしてきた。ジッパーを下げるなり、いきなりずぶりと人差し指をおんなの穴に入れてきた。

「いいっ！」

いきなり愉悦の声をあげてしまう。

最悪だった。迫田にいきなり媚肉に指を入れられ、歓喜の声をあげているのだ。

「これはすごい。どろどろじゃないか」

入れた迫田が驚いている。すぐにもう一本指を増やし、二本の指で美月の媚肉を掻き回してくる。

「あ、ああっ、いい、いいっ」

どうしても愉悦の声を抑《おさ》えられない。それくらい、美月のからだは燃え上がってい
た。これは強化剤の副作用なのか……やはり、副作用が強くなっている。

「媚薬を打っているんですよ、迫田さん」

ゆっくりと近寄ってきた翔平が挨拶もそこそこにそう言った。

「媚薬……黒龍が作ったのか」

「いいえ。サツですよ」

「警察が媚薬だとっ」

迫田はおんなの穴を掻き回し続けている。と同時に、拓也が乳首をひねってきた。

「あ、ああっ、いい、いいっ」

美月のからだは火を噴いていた。副作用にしては凄まじい。迫田にいじられている
からだ……迫田にいじられ、副作用が大きくなってきているのだ……なんてことだ。

「警察が牝にする薬を開発したというのか。冗談だろう」

「副作用ですよ」

「強化剤の副作用です」

「強いのか」

「ボディガードで試してみますか」

と翔平が言う。

「そうだな」

迫田が媚肉をいじりつつ、おいっと洋館に向かって声をかけた。すると、黒のスーツ姿の男がふたり出てきた。どちらもスーツがぱんぱんに張っている。筋肉の塊のようだ。

ボディガードが近寄ると、迫田がおま×こから指を抜き、拓也が乳房から手を引いた。

いきなり自由になる。

媚肉と乳首の責めがなくなると、美月は我に返った。

「迫田っ、殺すっ」

と叫ぶと、洋館に下がっていく迫田に向かって駆け出した。

がすぐにボディガードが正面に立ちはだかった。

「邪魔だっ」

美月はふたりのボディガードを避けるべく、脇へとまわった。

がすぐさま、右手から短髪のボディガードがタックルを掛けてきた。動きがはやく、美月はサイドからもろに受けてしまう。

そのまま仰向けに倒れた。ボディガードがすかさず、美月の腹に乗ってくる。

もろ出しの乳房を見て、にやりと笑う。

そして喉に太い腕を当ててきた。

「う、うう……」

息が苦しい。このまま失神させる気だ。

一度下がった迫田が寄ってきた。

「強化剤はたいしたことがないようだな」

「う、ううっ」

迫田っ、と叫び、美月は膝を立てると、ボディガードの股間にぶつけていった。

「ぎゃあっ」

一撃で、ボディガードがひっくり返った。美月は素早く馬乗りになり、ボディガードの顔面めがけ、パンチを見舞った。ぐえっ、とボディガードの顔面が右手を向き、白目を剝いた。

もう一人のボディガードが、馬乗りになっている美月を背後から抱きしめてきた。

ボディスーツからあらわな豊満な乳房を押しつぶさんばかりにして、ぐいぐい締めてくる。

「う、うう……」

二人目のボディガードはベアハッグをかましつつ、美月のうなじに顔面をこすりつけてくる。

「いい匂いだ、牝」

「迫田っ、おまえを殺すっ」

美月はそばでへらへらと見ている迫田を美しい瞳でにらみつける。

そして美月はベアハッグを受けつつ、立ち上っていく。

「おのれっ」

と二人目のボディガードがさらに締め上げてくる。

美月は両腕を背後にまわし、二人目のボディガードの太い首を掴んだ。そして、そのまま、迫田に向かって投げ飛ばした。

レスラーのような大男が軽々と投げ飛ばされ、顔面から地面に落ち、気を失った。

それを見て、迫田が洋館へと走る。

「待てっ」

美月は首輪に繋がった鎖をじゃらじゃら鳴らし、豊満な乳房をぷるんぷるん弾ませながら、玄関へと走る。

　扉が閉まった。

「迫田っ」

　扉を開き、中に踏み込んだ瞬間、脇から腰に、スタンガンを押しつけられた。

　ビリリッと全身に電撃が走った。

「お、のれっ、迫田っ」

　美月は電撃を受けて、がくがくと身体を痙攣させつつも、迫田に手を伸ばしていく。

　が、さらにもう一つのスタンガンを当てられ、目の前が真っ白になった。

第四章　牝化してゆく身体

1

目を開くと、迫田の顔面があった。

「おのれっ」

美月は摑みかかろうとしたが、両腕がまったく動かせなかった。両足も動かず、床にX字に磔《はりつけ》にされていることに気づいた。

「久しぶりだな、美月。また会えてうれしいよ」

あぶらぎった顔を息がかかるほど寄せて、迫田がそう言う。

「呼び捨てにするなっ、迫田っ」

美月は迫田をにらみつけ、両腕両足を動かそうとするが、びくともしない。

「乳首、ずっと勃ってるぞ、美月」

迫田が乳首を摘まんできた。その瞬間、目が眩むような電流が走った。

「はあっ、あんっ」

美月は思わず、甘い声を洩らす。

迫田がにやりと笑い、こりこりと右の乳首をころがすと同時に、鎖骨から剝きだしの腋の下にかけて、なぞりはじめる。

「あっ、あんっ……や、やめろ……触るなっ……あ、ああ、あんっ」

「これはすごいな」

「おま×こはさっきよりもっとどろどろですよ。ひとファイトしましたからね」

と翔平の声がした。

迫田にばかり目が向いていたが、翔平も拓也もそばにいた。その背後に健太も控えている。

どれくらい眠っていたのか。あの洋館の一室だろうか。それにしては、天井もまわりも無機質な感じだった。調教部屋なのかもしれない。

「もっとどろどろか」

と迫田の手が乳首と腋の下から離れた。

美月はレザーのボディスーツ姿のままだった。胸元と股間のジッパーが下げられたままで、女として隠しておくべき二カ所がもろ出しのままとなっていた。

迫田がさっそく、剝きだしの割れ目を触ってきた。

やめろっ、という前に、

「あんっ」

とまたも、甘い声をあげてしまう。迫田を喜ばせるような反応を示すのは最悪だったが、割れ目をなぞられただけで、声が出てしまうのだ。

迫田が割れ目を広げた。

「ほう。これはこれは」

「み、見るな……」

と口にしたが、その声は甘くかすれていた。これでは、むしろ、もっと見て、と言っているのと同じだった。

「ぐしょぐしょだな。しかも、誘っているな。強化剤という名の媚薬は凄まじいな」

「お近づきの印に差し上げます」

翔平が健太っ、と呼ぶ。すると、はいっ、と返事をした健太がアンプルが入った箱を持ってきた。そこから一本取りだし、翔平が迫田に見せる。

「どこから手に入れたんだ」

「この牝に持ってこさせました」

「なるほど、そうか」

迫田がスラックスのベルトを緩めはじめた。

「な、なにをする……」

美月は迫田をにらむものの、その視線は股間に向かう。

迫田がスラックスといっしょにトランクスを下げた。すると、弾けるように勃起したペニスがあらわれた。

迫田は警察に追われ、代議士を辞職し、表舞台から姿を消していたが、ペニスを見る限り、まったく衰えていなかった。むしろ、裏の顔役となり、ペニスの力に磨きがかかっているように感じた。

実際、美月のからだは、迫田の反り返ったペニスを見て、熱く焦がれていた。

「ほう、俺のち×ぽが欲しいか、美月」

ペニスから視線を離さない美月を見て、迫田が感嘆の声をあげる。

「いらない……」

「そうか」

迫田が大きく広げられている美月の股間に腰を下ろした。そして、野太い鎌首を割れ目に向けてくる。

「やめろ……やめろ……」

声がますます甘くかすれてしまっている。

割れ目の奥がじんじん痺れている。迫田のペニスで串刺しにされることを求めている。

最悪だ。どうして、警察がこんな最悪な薬を開発したのか。

迫田が鎌首を割れ目に当てた。

「やめろっ……」

迫田が鎌首をめりこませようとした時、ドアがノックされた。

迫田は鎌首を割れ目に当てたまま、入れっ、と大声をあげた。

するとドアが開き、いきなりふたりの女が入ってきた。

「あっ、千里っ」

千里の姿を見た瞬間、迫田がずぶりと鎌首を埋めてきた。

「いいっ！」

千里の前で、美月はいきなり歓喜の声をあげていた。

「ううっ、ううっ」

千里は猿轡《さるぐつわ》を嵌められていた。両腕は背中にまわしている。手錠を掛けられているようだ。それだけではなく、足には重りがつけられていた。

そして、冴子も同じように、猿轡を嚙まされ、後ろ手に手錠を掛けられ、足に重りをつけられている。

完全に、パワーアップされていることを警戒していた。

千里は白のブラウスに紺のスカート、冴子は白のブラウスに黒のパンツスタイルだった。

「いい、いいっ、おち×ぽ、いいのっ」

千里や冴子がいるというのに、美月は迫田のピストン責めに感じまくっていた。歓喜の声しか口から出ない。

千里も冴子も目を丸くさせて、よがりまくっている美月を見ている。

「千里の声を聞かせろ」

ぐいぐい突きながら、迫田がそう言う。すると、千里の背後に立つ、屈強な肉体を持った男の一人が、猿轡を取った。さっきのボディガードと違い、黒のタンクトップで隆々とした筋肉を見せつけている。

「美月さんっ。どうしてっ」

涎《よだれ》を垂らしつつ、千里が叫ぶ。そんな中、

「いい、いいっ、おち×ぽいいのっ」

と美月は叫び続ける。千里には悪かったが、今の美月を支配しているのは、迫田のペニスだけだった。おま×こを激しく出入りしているペニスのことしか考えられない。

「ああ、締めてくるぞっ、ああ、うれしそうに俺のち×ぽを締めてくるぞっ。ああ、警察はすごいものを作ったな。感謝しないとな」

迫田はうなり続けている。

「ああ、いきそうっ、あああ、いきそうですっ」

と美月が告げると、いきなり抜き差しが止まった。

迫田がペニスを抜きはじめる。

「えっ、どうしてっ……」

美月は思わず、すがるように迫田を見やる。すると、

「美月さんっ」

と千里の声が耳に入ってきた。はっとして我に返る。

迫田のペニスが引き抜かれた。

「やはり、後を尾けさせていたな。まあ、尾けさせていたのが、女の捜査官ふたりとは、警察も気が利いているじゃないか」

迫田がペニスを揺らし、美月の美貌へと迫った。フェラさせるのかと思ったが、違っていた。髪を掴まれ、引き上げられると、うなじを指で突かれた。

「佐々木《ささき》っ」

迫田が叫ぶと、はいっ、とワイシャツ姿の部下が小さな機械を持ってくる。それを美月のうなじに当てると、ぴぃーと電子音が鳴った。

「そこにGPSでも仕込んでいるんだろう。これを頼りに、警察が俺を捕まえにやってくると待ち構えていたんだよ。そこに、あの美人ふたりがやってきたわけだ。媚薬は注射していなかったようだがな」

と千里の背後に立つ男に聞く。

「はい。美月のようなパワーはありませんでした。足の重りは念のためです」

と答えた。

「迫田っ、すぐに警察がここに来るぞっ。おまえは終わりだ」

美月がそう言うと、迫田がははは、と笑った。

「ここがどこだと思っているんだ」

「あの洋館じゃないのかっ」

「おまえを眠らせたあと、すぐに移動したんだよ。それも、GPSの電波を遮断《しゃだん》する車に乗ってな。もちろん、この部屋も遮断出来るようにしてある」

「迫田……」

やはり、単なる色狂いの牡ではなかった。

「GPSの電波がいきなり消えた洋館に、あのふたりがのこのこやってきたわけだ」

そう言って、迫田が千里と冴子を見やる。

「千里、また会ったな。今度は、美月と並べて、入れてやる」

「迫田っ」

千里が迫田に向かって走りだそうとしたが、重りのせいで、すぐによろめいた。

「新顔もかなりの美形じゃないか。おまえ、名前はなんという」

「迫田っ、警察を甘くみるんじゃないっ。必ず、捕まえるっ」

と冴子も叫ぶ。

「名前を聞いているんだよ、女」

冴子は迫田を鋭い目でにらみつけたまま、答えない。

すると迫田は再び、美月の股間に移動した。ずぶりと突き刺していく。

やめろっ、という千里と冴子の声を掻き消すように、美月が、

「いいっ。おち×ぽ、おち×ぽっ」

と叫ぶ。

「ほう、待ってたのか、美月。ち×ぽを抜いていて悪かったな」

と言いつつ、迫田がずどんずどんと美月を突いていく。

「やめろっ」

「女、名前はなんという」

美月を突きつつ、迫田がまた問う。

「立花巡査長だっ」

「下の名前も言えと言っているんだよ」

と言いながら、迫田は奥まで突き刺したまま、クリトリスを摘まみ、ぐいっとひねった。

「あ、あああ、あああっ」

「いかないでくださいっ、いってはだめですっ……」

と冴子が悲痛な声をあげる。

「あああ、ああああっ」

美月は歓喜の声をあげ続ける。

「冴子ですっ。冴子といいますっ」

「そうか、冴子か」

と言いつつ、迫田はクリトリスひねりをやめなかった。

「い、い……いく、いくいくっ」

美月は千里と冴子が見ている中で、ぐぐっと背中を弓なりにさせて、いまわの声をあげた。

「美月さん……」

「次は、千里をいかせるかな」

と言って、迫田が美月のおんなの穴からペニスを抜いていく。

立ち上がると、美月の愛液まみれのペニスを揺らしつつ、千里に近寄っていく。

「迫田……迫田さ、様……もっと美月にください……美月のおま×こに入れていてください」

迫田のペニスから千里を守るべく、美月は叫ぶ。が、それだけではなかった。欲しかったのだ。迫田のペニスを。一度いったくらいでは、燃え上がったからだは収まりがつかなかった。

迫田は振り向くことなく、千里に近寄る。

そしてブラウスに手を伸ばすと、ぐっと引いた。ボタンが次々と弾け飛び、ブラに包まれた乳房があらわれる。

迫田はブラカップを掴み、ぐっと引いた。たわわなふくらみが露わとなる。

その間、千里はずっと迫田をにらみつけていた。

「迫田様っ、おち×ぽをっ、美月に入れてくださいっ」

「うるさいな。翔平さん、美月のおま×こを塞いでいてくれないか」

千里の乳房を掴み、迫田がそう言う。

いいですよ、と言って、翔平が美月に迫る。スラックスのベルトを緩め、ブリーフと共に下げていく。

その間、迫田は千里の乳房を揉みしだき続ける。

2

「注射を打ったら、どうですか、迫田さん」

鎌首を美月の割れ目に当てつつ翔平が言う。

「そうだな。さっそく使わせてもらうか」

佐々木っ、と迫田が言うと、はいっ、とすぐさま、部屋の隅へと佐々木が走り、棚から注射器を持ってきた。そして、黒龍から受け取ったアンプルを開け、そこに注射針を入れると、強化剤という名の媚薬を吸い込んでいく。

「どうぞ」

と注射器を佐々木が迫田に渡す。

「さて、どこに打つかな」

「やめてくださいっ、打たないでくださいっ、迫田様っ」

と美月が叫ぶ。

「やっぱり、おっぱいに打つか」

「えっ……」

ずっとにらんでいる千里の美貌が強張《こわば》る。

「乳輪に打つか」

千里の乳首はわずかに芽吹いているだけだった。乳首も乳輪も淡いピンク色だ。

迫田が注射針を近づけると、乳首がぷくっとしこりはじめた。

「ほう、乳首に打って欲しいか、千里」

「や、やめろ……打つな」

千里の声が震えている。

「これは強化のための注射だぞ。パワーアップしたほうが、反撃出来るだろう。わざわざ、捜査官に力を与えるために、注射してやろうとしているんだよ、千里」

「打たないでくださいっ。ああ、穴に入れたいのなら、ずっと美月の穴に入れていてくださいっ。おねがいしますっ、迫田様っ」

千里を守るためだったが、それだけではないことがつらい。翔平の鎌首でなぞられている割れ目の奥は、ずっとかっかと燃えている。すぐにでも、ずぶりと突き刺して欲しい。

千里のことを思い、気を張っていたが、ちょっとでも気を緩めれば、ち×ぽのことだけが、頭を占めてしまう。

「乳首がどんどん勃ってくるぞ、千里。では、同時にやるかな、翔平さん」

かたや、乳首に注射針、かたや、おま×こにペニス。

「いち、にー、のさんっ」

と迫田が合図を出し、注射針を千里に向けた。翔平がずぶりと埋めてくる。

千里がひいっと叫び、美月がいいっと叫ぶ。

注射針は乳首ではなく、乳輪の横に刺さっていた。強化剤という名の媚薬が注入されていく。その間も、

「いい、いいっ、おち×ぽ、いいっ」

と美月が叫び続ける。

注入し終えた迫田が注射針を抜く。

「冴子、おまえはそのままでいろ。先輩捜査官が、どんどん牝になっていくところを見ているんだ。そして、宗政に報告しろ」

「ああ、もう、もう、いきそうっ」

美月がいくと叫ぶ寸前で、翔平がペニスを抜いた。

「とどめをどうぞ」

と翔平が美月の穴を迫田に譲《ゆず》る。

黒龍の創設者であり、大きくした男だけあって、如才《じょさい》ない。ただのやりたいだけの半グレとは違う。

「ほう、これはこれは」

迫田はうれしそうに笑い、勃起させたままのペニスを揺らしつつ、美月の穴に戻る。

「ああ、入れてっ、そのおち×ぽ、入れてくださいっ」

いいだろう、と言い、迫田がずぶりとえぐってくる。一撃で、

「いくっ！」

と絶叫し、がくがくと汗まみれの裸体を震わせる。

「美月さん……」

千里は乳輪の真横に注射針を突き刺された右の乳首だけ、ぷくっとしこらせていた
が、左の乳首も芽吹きはじめた。

それだけではない。スカートの中の太腿と太腿をすり合わせはじめたのだ。

「ほう、もう効いてきたのか。効きがはやいな」

迫田がいかせた美月の媚肉からペニスを抜き、あらためて千里に迫ると、乳房を掴
む。こねるように揉んでいく。

「あ、ああ……」

千里の唇から、かすれた喘ぎがこぼれる。

「千里さん……」

冴子が信じられないといった目を先輩捜査官に向ける。

「やっぱり、捜査官のおっぱいは格別だな」

と言って、迫田がしつこく揉み続ける。

「ああ、くださいっ、迫田様のザーメンを、美月のおま×こに浴びせてくださいっ」

「千里や冴子に出されるのが嫌か、美月」

「渡したくないんですっ。迫田様のザーメンを、渡したくないんですっ」

美月は本気で言っていた。憎き迫田のザーメンを子宮に受けて、もっと狂いたかった。千里が注射を打たれるところを見て、さらに美月のからだは燃えていた。

「ほう、そうか」

迫田はねちっこく千里の乳房を揉んでいる。

「はあ、ああ……」

乳房に打ったからか、迫田の乳揉みに、千里はかなり敏感な反応を見せていた。ずっと迫田をにらんでいた瞳が、すでにトロンとなっている。そしてその目は、迫田のペニスに向いていた。

美月もそうだったが、副作用の反応がはやく、そしてきつくなっていた。千里は強化されたはずなのだが、媚薬効果が強すぎて反撃自体ができなくなっているようだ。これでも改良版なのか。それともやはり、媚薬がメインの薬ではないのか……。

でも、さすがに警察が媚薬を開発するなんて、ありえるだろうか。これはあくまでも副作用なのだ……と美月は自分自身に言い聞かせる。

「俺もおっぱい、いいですか」

と拓也が迫田に聞く。

「いいぞ、揉んでやってくれ」

すでに千里のからだは迫田のものになっている。

左の乳房を拓也が摑んでいく。

「あ、ああ……」

千里がさらに甘い喘ぎを洩らす。

美月も迫田と拓也の手で揉みしだかれている千里のバストを、熱い目で見つめてしまっている。

「はあ、ああ……ああ……」

千里の甘い喘ぎが大きくなっていく。いつの間にか左の乳首も右の乳首と競いあうかのようにとがってきていた。

「さっきから、俺のち×ぽをじっと見ているよな、千里。俺のち×ぽが恋しいか」

迫田が千里の目の前で、誇示するようにぐいっとしごく。

「ああ、どうして……ああ、どうして……」

とかぶりを振りつつも、千里の濡れた瞳は迫田のペニスから離れない。

「あの時、処女だったよな、千里。俺が初体験の相手だ。やっぱり、初めてのち×ぽは忘れられないか」

「いやいや……」

とかぶりを振りつつも、千里の目は迫田のペニスにからみついている。

「あれから、何本、おま×こに入れたんだ、千里」

「えっ……」

と千里が戸惑いの表情を浮かべる。

「ほう、そうか。まだ俺だけか。俺のち×ぽしか知らないままか」

迫田がスカートのホックを外し、サイドジッパーを下げていく。

「やめてっ」

と叫んだのは、美月だ。やめなさいっ、と冴子も声をあげ、動こうとするが、両手には手錠を掛けられ、足には重りをつけられた状態では、どうすることも出来ないでいる。しかも背後に立った男が腰を摑んでいる。

スカートが千里の下半身から下げられていく。すると、パンストに包まれた恥部があらわれた。ベージュのパンスト越しに、白のパンティが透けて見えている。

「白か。おまえにはぴったりだな、千里」

と言いつつ、迫田がパンストに爪を立て、引き裂いていく。

「やめてっ」

と叫んだのは、またも美月と冴子だ。パンストを裂かれている千里の方は、はあっ、と火の息を吐いている。

翔平も千里に近寄る。美月の愛液まみれのペニスが迫ったが、千里の瞳は迫田のペニスから離れなかった。

それに気づいた迫田が、うれしそうに笑う。

「やっぱり、女にしてくれたち×ぽが恋しいか。あの時もうれしそうに締めていたからな」

若い男のち×ぽより、自分のち×ぽを欲しがっているのを見て、迫田は上機嫌となる。最悪だった。

「千里っ、しっかりしてっ」

と美月が叫ぶ。

迫田はさらにパンストを引き裂くと、恥部に貼り付くパンティを毟《むし》り取った。

3

千里の陰りが露わとなる。濃い目の茂みが恥部を覆っていた。

迫田がいきなり人差し指を割れ目の中に入れていった。

「あうっ……」

千里があごを反らせる。

迫田は千里の美貌に息がかかるほどぐっと顔面を近づけ、媚肉をまさぐる。

「あ、ああ……ああ……」

「これはすごいな。どろどろだ。これは使えるな。いいものを警察が開発してくれたものだ」

迫田は千里の媚肉の奥までまさぐり続けている。

「はあっ、ああ……ああ……」

千里の身体がくなくなとくねっている。

「千里さん、しっかりしてください。迫田の指でなんか、感じてはいけませんっ」

一人だけ発情注射を打たれていない冴子が必死に声を掛ける。

迫田が千里の穴から指を抜いた。すると、

「あんっ、どうして……」

と千里が甘い声をあげて、からむような視線を迫田に向けたのだ。

「千里っ、しっかりしてっ」

と美月も叫ぶ。が、そう言う美月もからだ中がかっかと燃え上がったままだった。

「こいつが欲しいか、千里」

迫田が野太い鎌首を、千里の割れ目に当てていく。

「あっ……」

千里は反射的に腰を引いた。がすぐに、千里の方から割れ目を鎌首にこすりつけていく。

「千里さんっ」

冴子が悲痛な声をあげる。

「欲しいか、千里」

千里がぐりぐりと割れ目をこすりつけているが、迫田が微妙《びみょう》に腰を引いて、咥えこませないでいる。

その間も、左の乳房を拓也が揉みしだいている。

あらわな胸元から、甘い汗の匂いが立ち昇っている。

「あ、ああ……ほ、欲しいです……お、おち×ぽ、ください」

と千里が言った。

「すごいな。この媚薬、ありったけ欲しいな。これがあれば、天下を取ったも同然じゃないか」

「そうですね。今、捕らえたグラドルに打ってます」

と翔平がそう言う。

「清純派の女優でもいけるぞ。これで堕ちない女はいないんじゃないのかっ」

迫田の声が昂ぶっている。美月や千里とやれること以上に、興奮していた。捕らえた女を売買すること自体に、興奮しているのだ。

「ああ、おち×ぽくださいっ。迫田様のおち×ぽ、千里欲しいですっ」

「千里さんっ」

「千里っ、なにを言っているのっ」

冴子と美月の悲痛な叫びが響く。が、それを掻き消すかのように、

「迫田様っ、おち×ぽ入れてっ」

と千里が叫ぶ。

「いいだろう。入れてやる」

迫田がずぶりと突き刺していった。その瞬間、

「いくっ！」

と千里がいまわの声をあげていた。

「いくいく、いくいくっ」

たった一撃で、いったのだ。

「おうっ、なんて締め付けだっ」

と入れた迫田の方も、ひと突きで暴発してしまう。

「おう、おうっ」

と雄叫びをあげて、千里の中に噴射させる。

迫田のザーメンを子宮に受けて、千里はさらにいきまくる。

「いくいく、いくっ」

「ああ、すごいっ、ち×ぽがっ、ああ、ち×ぽがっ」

女相手では百戦錬磨《ひやくせんれんま》の迫田が、童貞男のような情けない声をあげて、腰を震わせ続けている。

「ああ、もう終わりなのっ、ああ、一回突いただけで、終わりなのっ」

「す、すまん……」

迫田が千里に謝っていた。すまん、と何度も言いながら、腰を動かす。すると、千里の中でペニスが力を取りもどしていく。

「ああっ、すごいっ、もう、大きくなってきた」

「そうだろう。ほらっ、ほらほらっ」

ペニスが力を帯びると、迫田もいつもの迫力を見せてくる。

立ったまま繫がっている千里の穴を、真正面から力強く突いていく。

「いい、いいっ、いいっ」

「千里さん……」

美月は迫田のペニスでさえ狂ってしまう千里の気持ちがわかるが、注射を打たれていない冴子はまったく理解出来ないといった顔をしている。

「おう、おうっ、おま×こが吸い付いてくるぞっ。ああ、俺のち×ぽと一体化しているぞっ」

迫田が喜々とした顔で、千里を突き続ける。

それをずっと見せられ続けている美月は我慢の限界で、気が触《ふ》れそうになっていた。

「翔平様っ、拓也様っ、おち×ぽを、美月にくださいっ。美月、いかないと、狂ってしまいますっ」

拓也がペニスを揺らし、美月に迫る。

「拓也様っ、入れてくださいっ」

「いいですか、入れても」

と拓也が迫田に聞く。美月のおま×こもすでに迫田のものとなっている。

「いいぞ、いかせてやってくれ」

わかりました、と拓也がずぶりと美月の媚肉をえぐってくる。するとこちらも一撃で、

「いくいくっ」

と叫んでしまう。ずっと千里の恥態を見せられていた時間が、濃厚な前戯となっていた。拓也は最初から飛ばしてくる。ずどんずどんと床に磔にされている美月を突いてくる。

「うああっ、いくっ」

「いくっいくっ」

と美月と千里のいまわの声が響き渡る。

ひとりだけ正気を保っている冴子は、呆然とふたりの恥態を見続けていた。

4

「ああいく、いくぅっ」

千里の歓喜の声が、部屋の空気を震わせる。

おうっ、と吠えて、翔平が射精させた。ザーメンを子宮に受け続けて、千里がいまわの声をあげる。ずっと裸体が弓なりに反りっぱなしだ。

背中が床に落ちる暇がない。迫田がいかせるとすぐに翔平に代わり、翔平がいかせると、拓也が突っ込む。

その間、千里は海老反り状態のままで裸体を痙攣させていた。

男たちと三人の囚われの女は、別の部屋に移動していた。三方が檻に囲まれ、中央にキングサイズのベッドが置かれている部屋だ。

檻は十ほどあり、すべての檻に裸の女が入れられていた。

美月が入っている檻の斜め前の檻には、最近、病気でドラマを降板していた女優がいた。大原麗奈《おおはられな》。二十歳過ぎの人気上昇中の女優だった。ストレートの黒髪が美しい。

ひときわ目を引く美貌の持ち主で、なにより色が抜けるように白い。

麗奈はうつろな目を、よがり泣き続けている千里に向けている。

別に発情はしていない。ここで発情しているのは恐らく、注射を打たれている美月と千里だけだ。

他の檻にも裸の女性が入っていたが、皆、うつろな目をしていた。それでいて、肌は皆、綺白く輝いている。肌だけは毎日、ケアされているのだろう。それとも千里のように犯され続けて、からだだけは潤《うるお》っているのか……。

冴子は隣の檻に入れられていた。素っ裸に剝かれ、右腕で乳房を、左手で恥部を隠した姿で、正座をしている。

他の捕らえられている女性たちは感情が麻痺《まひ》しているのか、誰も身体を隠していない。

「いい、いいっ、おち×ぽ、おち×ぽいいのっ」

拓也に突かれながら、千里が叫ぶ。

檻の中からずっと見せつけられている美月はたまらなくなっている。冴子は相変わらず、信じられないといった顔で千里を見ているが、美月のからだは疼き続けている。

一回めの注射よりもあきらかに副作用が強い。

指をおま×こに入れて掻き回したくなるが、それだけはやってはいけない、とぎりぎりの理性で抑えている。それに、掻き回したとしても、すぐに指だけでは物足りなくなるだろう。

美月は鉄格子の隙間から、ずっと迫田のペニスを見ていた。

迫田のペニスはずっと偉容を誇っている。それは迫田の力をあらわしていた。

「………」

千里が声を出さなくなった。失神はしていないが、海老反りの裸体をがくがくと震わせている。半開きの唇はぱくぱく動いている。

まずいっ。いき死にするかもっ。美月が訴える前に迫田が気づき、ぱんぱんっと千里に平手を見舞う。

「佐々木っ、電気ショックだっ」

と迫田が叫ぶなり、ずっと脇に立って、迫田たちが千里を嵌めているのを見ていた佐々木が、素早く部屋の隅にある棚から機材を取り出した。二つの電極パッドを千里の豊満な乳房の周辺につけると、スイッチを入れ、心臓へ電流を流す。

「う、ううっ……」

電気ショックを受けた千里の全身が、びくんと引き攣った。

さらに背中を反らせ、汗まみれの裸体をぴくぴくさせる。が、まだ声が出ない。

「もっと上げろ」

と迫田が言い、佐々木が電流を強くさせる。すると、

「ぎいいっ！」

と千里が叫んで目を見開いた。それを見て、佐々木が電流を止めた。

凄まじい。

「一号や二号みたいにいき死にしなくて助かったな。迫田さんに感謝するんだな」

と翔平が千里にそう言う。

千里の目が迫田に向かう。すぐに迫田のペニスに釘付けとなる。

「入れて、ああ、そのおち×ぽ入れてください」

今、いき死にしそうになったのに、すぐに、ち×ぽを欲しがる。いくことを望む。

「千里さんっ、だめっ、もう、だめですっ」

と冴子が鉄格子を握り締め叫ぶ。

「ぺ、ペニスに攻撃してくださいっ。男の急所はペニスですっ」

と冴子が叫ぶ。千里は今、ベッドの上で自由だった。両手から手錠を外され、足の重りもない。

色狂い状態の千里は反撃しないと思われていた。そして実際、反撃の素振りはまっ

たく見せていない。

「冴子、なに言っているの……おち×ぽは入れて頂くものなの。攻撃なんて、ありえないわ」

「長瀬警部補っ、なにか言ってくださいっ」

と冴子が美月に目を向ける。その目が、大きく見開かれる。

「長瀬警部補っ。……だめです、そんなこと、してはだめです」

冴子に言われ、美月ははっとなった。知らず知らず、鉄格子に股間をこすりつけていたのだ。指を媚肉に入れてはだめ、と念じつつ、股間を押しつけていた。

はっとしたが、美月は恥部を鉄格子から離せなかった。冴子に見つめられる中、ぐりぐりとクリトリスと割れ目を鉄格子にこすりつけ続ける。

「はあっ、ああ……」

「長瀬警部補っ、しっかりしてくださいっ」

どうしても止められなかった。

「いいっ！」

衰えを知らない迫田の突きに、千里がまた歓喜の声をあげた。が、すぐに背を弓なりに反らせっぱなしになり、激しく痙攣を起こす。

「いき死にしますよ」

と翔平が言う。

「それはまずいな。この穴はもっと楽しまないと」

と言って迫田が千里からペニスを抜いた。反っていた千里の背中が床に落ちる。

「美月は尻の穴ですぐやれますよ」

と翔平が言った。

「ほう、そうか。美月の処女を頂くか」

と迫田の目が新たに光る。千里相手に散々やりまくっていたが、まったく物足りないようだ。

「佐々木、千里を檻に入れておけ」

と迫田が言い、はい、と佐々木がベッドに上がり、千里を抱えあげ、空いた檻へと運んでいく。

「健太、美月を檻から出せ」

と翔平が言い、はい、と健太が美月の檻に迫ってくる。

ずっと鉄格子に恥部をこすりつけていた美月は、健太に見つめられ、はっとなった。

健太の目は迫田や翔平たちとは違っていた。牝を見る目ではなく、一人の女を見る目だったのだ。恋している男の目だった。

その健太が、鉄格子に恥部をこすりつけている牝そのものの美月を見て、ちょっと悲しそうな表情を浮かべた。

その表情に、美月は我に返った。

「手錠をかけますか」

と健太が翔平に聞く。

「いや、大丈夫だろう。迫田さんのち×ぽしか見ていない」

翔平がそう答え、健太が閂を外し、扉を開く。

「四つん這いで出て来い」

と翔平が言い、美月は檻の中で四つん這いになった。健太の恋する瞳で、我に返ったものの、美月の視線はすぐに迫田のペニスに戻っていた。

我に返っても、からだの疼きは収まらない。

美月は千里の愛液まみれの迫田のペニスを見つめつつ、四つん這いで檻から出た。

「ベッドに上がれ」

と迫田が言い、千里は四つん這いのままベッドに向かう。

「いい尻だ」

男たちの視線が、長い足を運ぶたびにぷりぷりとうねるヒップに向いている。

「長瀬警部補っ。迫田のペニスを摑んで、折るんですっ」

と冴子が叫ぶ。

が、美月は冴子の声を無視して、ベッドに上がった。

「健太、ほぐすんだ」

と翔平が言い、はいっ、と健太もベッドに上がってきた。健太と佐々木だけが服を着ている。それ以外は
男も女たちも素っ裸だ。この場では、なぜか服を着ている方が違和感があった。

健太が尻たぼを摑んできた。ぐっと開いて、尻の狭間の奥をのぞきこんでくる。

健太の視線を尻の穴にはっきりと感じ、美月ははあっと火の息を吐く。

「長瀬警部補っ。どうしたんですかっ。迫田はそこにいますっ」

両手両足が自由なのに、戦おうとしない美月に、冴子がじれている。

美月はいくことしか考えていない。それしか考えられなかった。注射を打たれてまだ四十八時間は過ぎていない。が、美月もすでに牝化していると言ってよかった。

改良版は打ってすぐに牝化してしまうのではないのか。美月も千里も警察のモルモ

ットとなっている。

健太が顔を入れてきた。息を尻の穴に感じるだけで、ぶるっと双臀を震わせる。からだ全体がぞくぞくしてくる。

ぺろりと舐められた。

「いいっ」

ひと舐めで、美月は叫んでいた。間違いない。私は牝化している。千里もそうだ。改良版は打てばすぐに牝化してしまうのだ。

健太はぺろぺろ、ぺろぺろと尻の穴を舐めてくる。

「いい、いいいっ、お尻、いい、いいいっ」

歓喜の声がとめどなく出てくる。

「すごいな。尻の穴は処女だよな」

「処女です」

と迫田の問いに、翔平が答える。

「恐らく、新しく打った注射の副作用がかなり激しいような気がします」

「そうか」

「改良版は失敗のようですね。いや、牝化することに関しては成功か」

「いい、いいっ、ああ、ああっ」

尻の穴がとろけそうだ。尻の穴で感じると、前の穴にたまらなく欲しくなる。もちろん、後ろの穴にも欲しくなる。

「入れてっ、おま×こにもお尻にもおち×ぽ入れてっ」

と美月は叫んでしまう。

「長瀬警部補っ、しっかりしてくださいっ」

と冴子が悲痛の声をあげる。すると、それを掻き消すように、

「千里もおち×ぽ、欲しいですっ」

と檻の中から、千里が叫ぶ。

まずい。新しい強化剤は女をすぐに牝化させてしまう。となると、ここに捕らえられている女たちも皆、打たれたら即、牝化してしまう。いき死にと隣り合わせの状態になる。

打たせてはだめだ。牝化は私と千里だけで充分だ。ああ、でも、たまらない。ああ、お尻の穴が……ああ、たまらない。

「ああ、あああっ、入れてっ、ああ、お尻の処女っ、ああ、めちゃくちゃにしてくださいっ」

美月は首をねじり、迫田にすがるような目を向けてしまう。

健太はひたすら尻の穴を舐め続けている。片時も舌を休めることがない。

「あ、ああ、ああ……お尻、お尻……ああ、ち×ぽが欲しいのっ」

舐められれば舐められるほど、硬くて太いものが欲しくなる。

「ほう、こいつは牝の尻舐めが上手いじゃないか」

と迫田が健太を褒める。

「舐めダルマの健太、といいます」

と拓也が言う。

「置いて行きましょうか」

「いいのか」

「もちろんですよ、迫田さん」

「悪いな。こういう舐めダルマがいると重宝するんだよ」

健太の舌使いがさらに熱を帯びてくる。舐めダルマとしてここに残る方がうれしいのか。私と離れたくないのか。いや、女優たちのあそこも舐められるかもしれない、と期待しているのか。

「ああ、お尻にくださいっ」

と美月は叫ぶ。演技ではなく、心からの叫びだ。

「いいだろう。美月、おまえの尻の処女を頂こうじゃないか」

迫田がそう言うと、健太がようやく尻の穴舐めを止めた。

5

迫田の鎌首を尻の穴に感じた。それだけで、全身がざわざわと騒ぐ。

憎き迫田に尻の処女を奪われようとしているのに、からだは望んでいた。

「なにか言うことがあるだろう、美月」

鎌首を尻の穴に当てたまま、迫田が聞く。

「迫田様のおち×ぽで……美月の後ろの処女を、ああ、破ってくださいませ。おねがいします」

「いいだろう」

責める迫田の方も待てなくなったのか、じらすことはせずに、鎌首を突き出してきた。小指の先ほどの穴が、鎌首で無理矢理広げられようとしている。

「あうっ、うう……」

「痛いか」

「うう、痛いです……でも、痛いのがいいです」

「そうか。ヘンタイどマゾだな、美月」

憎き男にヘンタイ扱いされて、からだが震える。じんじん痺れる。

鎌首が尻の穴にめりこみはじめる。

「あう、うう……」

秘門から二つに裂かれそうだ。激痛が走る。が、なぜかその痛みがすぐに快感へと変わっていくのだ。

強化剤の副作用が、体内でさらに変化しているのを、ぞっとする思いで感じた。痛みまでも快感に変わるように、体質が変えられてきている。これはますますまずい。鞭責《むち》めであっても悦《よろこ》ぶようになりつつある。それだけは知られたら終わりだ。

鞭責めどころか、注射針を乳首にじかに刺してくるかもしれない。いや、乳首どころではない。クリトリスに注射針を……。

ずぶりと鎌首がめりこんだ。

「い、う、ううっ」

思わず、いいっ、と言いそうになり、美月はあわてて唇を嚙みしめた。強烈な痛みに快感を覚えていることを、知られてはならない。

「おう、これはきつい。締めるぞ、たまらん」

迫田はうんうんうなりつつ、女捜査官の尻の穴を鎌首で引き裂いてくる。

「う、ぐう……」

美月は、いいっ、と心の中で叫んでいた。四つん這いの裸体が瞬《また》く間にあぶら汗に包まれる。

「気持ちいいのか」

「痛い、ううん、裂ける……う、あうっ」

「おま×こにも欲しいだろう」

と鎌首を埋め込んだ迫田が聞く。

「えっ……お、おま×こにも……前と後ろ、いっしょに……」

「そうだ。おうっ、うれしそうにケツの穴が締まるぞ。ああ、翔平さん、そこに寝てくれ」

迫田がそう言うと、翔平が四つん這いの美月の真横に仰向けになった。千里の穴に二発は出していたはずだったが、見事に天を突いている。

それを見ると、前の穴がざわつく。もちろん、後ろの穴もだ。

「跨いでいけ」

尻の穴に鎌首を入れたまま、迫田がぱんぱんっと美月の尻たぼを張る。

「あうっ、うんっ」

美月は言われるまま、翔平のからだを跨いでいく。大きく足を開いた時、尻の穴の鎌首を強く感じ、ううっ、とうめく。

天を向いたペニスが、割れ目に迫る。それだけで、前の穴も後ろの穴もきゅきゅっと締まる。おうっ、と迫田がうめく中、美月は黒龍のリーダーと前の穴で繋がるべく、股間を下げていく。

割れ目に鎌首が触れた。咥え込もうと、恥部を下げるが、あふれた愛液で割れ目が絖っていて、滑ってしまう。

美月は何度かこすりつけるが、うまく塡《は》まらない。

「あんっ、やんっ、翔平様、突き上げてください」

「長瀬警部補……」

甘い声を出して、突き上げをねだる美月を素面の冴子が信じられないといった顔で見ている。いっぽう千里の方は、

「美月さんばかりなんて、いやですっ」

と言いながら、剝きだしの恥部を鉄格子にこすりつけつつ、自らの手で乳房を揉んでいた。強化の注射を打って、半日ほどしか過ぎていないのに、完全に牝化してしまっている。

翔平が突き上げていった。こちこちのペニスが、ずぶりと垂直に入ってくる。

「あああっ、いいいいっ」

いきなり、美月は絶叫した。

前と後ろ、女のふたつの穴を同時に塞がれる快感に、全身が震える。

「おう、きついぞっ、ケツの穴っ」

とうめきつつ、迫田が鎌首を奥へと埋めこもうとしてくる。奥の方まで尻の穴が、無理矢理広げられ、あらたな激痛が走る。

「う、ううっ」

美月はうめく。が、すぐに激痛が未知の快美感へと変わっていく。灰色から虹のような色に瞬時に変わる感じだ。

「いいっ！」

と思わず、美月は叫んでいた。

「ケツの穴がいいのか、美月」

「いい、いいつ、おま×こも、お尻もいいのっ、ああ、ああっ、美月、おかしくなるのっ」

美月は前の穴で黒龍のリーダーのペニスを食い締め、後ろの穴で美月を刑務所に放り込んだ宿敵のペニスを締め上げる。

「いい、いい、いいっ」

下から突かれるたびに、美月は歓喜の声をあげる。

「ああっ、ずるいっ、美月さんばっかり、ずるいっ」

千里が嫉妬の目をふたつの穴を塞がれている美月に向ける。

「すごいぜ」

と健太がそばでうなっている。

「おう、おうっ、たまらんっ、ち×ぽが喰いちぎられそうだっ」

迫田が顔面を真っ赤にさせて、うなっている。

翔平も激しく突き上げつつも、顔面をあぶら汗まみれにさせている。

ふたりが美月を責めているはずだったが、美月が前と後ろのふたつの穴で、悪党たちを翻弄《ほんろう》しているように見えた。

「あ、ああっ、いきそうっ、あああ、美月、お尻でいきそうですっ」

「おお、俺も出そうだっ」

「ああ、出そうだっ」

「ああ、いっしょにっ、迫田様っ、翔平様っ、美月といっしょに、いってくださいっ」

美月はそう叫び、自ら下半身を上下前後に動かしていく。

上下動で、翔平の突き上げるペニスを貪り、前後動で、迫田の鎌首を強く感じ、激痛から瞬時に快感へと変えていく。

「あ、ああっ、出るぞっ」

と迫田がうめく。

「待ってて、いっしょにっ、おま×ことお尻の穴、いっしょに出してっ」

「翔平さん、出そうかっ」

「ああ、出そうですっ」

と迫田が聞く。

「ああ、いっしょにっ、ああ、いっしょにっ」

前の穴と後ろの穴が同時に強烈に締まった。

「おうっ！」

と悪党がふたり同時に叫び、そしてまったく同時に射精させた。

おま×こと尻の穴で、ふたつのペニスが脈動し、ザーメンが子宮と尻の穴の奥に襲ってくる。

「ひいっ……いくいく、ああいくぅっ」

美月は絶叫し、四つん這いの裸体を激しく痙攣させた。

「おう、おう、おうっ」

迫田も翔平も声を合わせて、吠え続け、ザーメンを出し続ける。

「うう……」

美月は前後の穴で繋がったまま、上体を海老のように反らせた。

射精を終えた迫田のペニスが尻の穴から出て、その後、翔平のペニスが抜けた。

美月は四つん這いの形のまま、前の穴と後ろの穴からザーメンを垂らしていった。

第五章　二穴でよがる牝捜査官

1

「おうっ、大原麗奈じゃないかっ」

女優が入っている檻の前で、健太が歓喜の声をあげる。

「あっ、こっちは高水《たかみ》みゆりだっ」

健太がひとり騒いでいる。

美月と千里の穴にたっぷり出した迫田たちは、監禁部屋から出て行った。これから商談のようだったが、すでに同じ女を抱いて、意気投合していた。というより、翔平と拓也がうまく迫田を接待して、気を大きくさせているのだ。

半グレといっても侮《あなど》ってはいけない。ここまで黒龍を大きくさせただけのことはある、と美月は思っていた。

「ああ、ああ……健太さん……おち×ぽ……ちょうだい」

檻の中から千里が健太を誘っている。

「俺は無理だよ。下っ端だからな」

「下っ端でもおち×ぽあるでしょう」

「あるけど、黒龍を追放されるじゃないか。黒龍のメンバーだから、女とやりまくれるんだよ。抜けたら、モテない昔に戻るだけだ。それはもういやなんだよっ」

「私に入れたくないのっ。黒龍追放なんてなによっ」

牝化してしまっている千里は、ひたすら牡のペニスを求めていた。

両足をM字に開き、自らの指で割れ目を開いて、健太を誘っている。

「工藤巡査部長っ、しっかりしてくださいっ」

注射を打たれていない冴子が悲痛な声をあげる。この場では、牝化した方が幸せなのかもしれない。

美月も健太のペニスが欲しかった。迫田のペニスで処女を破られたお尻の穴が、ずっとひりひりしている。ここにち×ぽを入れられたら、きっと再び、あの未知の快感へと変わるだろう。

痛みが快感に変わる。

おぞましい副作用だ。鞭打たれながら、いき死にする可能性もある。

こんなものが悪党の手に入ったら、大変なことになる。というか、すでに黒龍も迫田も手にしてしまっている。そして間違いなく、もっと欲しがるだろう。

皮肉にも警察が悪党の手助けをしてしまっている。なんて恐ろしい薬を作ってしまったのか。

「おち×ぽ、入れてっ、健太様っ、私を助けてっ」

と千里が叫ぶ。

「助ける？」

「だって、いかないと、気が変になるのっ。おち×ぽが入っている時だけ、安心出来るの」

千里の副作用はかなり強い。そして、人それぞれで副作用の出方も違うと思った。

携帯が鳴った。健太がジーンズのポケットから取り出し、電話に出る。

「はいっ、わかりましたっ。綺麗にしておきますっ。はいっ、ほぐしておきます。はい、ち×ぽを出すんですね。わかりました、そうします」

携帯を耳に当てつつ、健太はぺこぺこ頭を下げている。翔平からだろうか。

携帯を切ると、健太が美月の檻にやってくる。

「迫田様がまた、おまえの尻の穴に入れたいそうだ」

「綺麗にしておけと言われたのね」

「そうだ」

と言うと、健太はジーンズを脱ぎはじめる。

「ああ、おち×ぽ、出すのねっ」

と千里が叫ぶ。健太はジーンズと共に、ブリーフを下げていった。弾けるように勃起させたペニスがあらわれる。

それを目にした瞬間、美月のからだはせつなくとろけた。前の穴と後ろの穴が一斉に騒ぎはじめる。健太のペニスから目が離れない。

「檻から出すけど、暴れたりしないよな」

「しないわ……そんなことより、入れてくれるのよね。入れるために、出したのよね」

健太のペニスを見た瞬間、ペニスのことしか考えられなくなっていた。それを予想して、翔平が健太にペニスを出せと命じたのだ。

強化剤のおかげで美月は強くなり、欲情も増したものの、かなりパワーアップしている実感があった。健太など一発で倒して、この女たちを檻から助け出せるだろう。だがペニスを見た瞬間、ペニスを入れてもらうことしか考えることが出来なくなっていた。

やはり色濃く牝化している。一号や二号がそうだったように、牝化してしまえば、勃起したペニスのことしか考えられなくなる。

まずい。これで四十八時間経ったら、どうなるのだろうか。まだ、間に合う。どうにかしなければ、一生、迫田の牝として生きていくことになる。

健太が檻の扉を開いた。

「四つん這いだ」

と言う。美月は言われるまま、四つん這いになり、檻から出た。

健太は緊張していた。いつ襲いかかられるかわからないからだ。そして襲われれば、即負ける。

恐らく、この部屋は内側から開けることは出来なくなっているはずだ。だから、美月が健太を倒し、女たちを檻から出しても、この部屋からは脱出出来ないのだろう。

試しているのだ。どれくらいで真の牝になるのか。美月が完全に牝化しているのか。

「こっちに来い」

と健太が、部屋の隅から手招く。そこには蛇口があった。手が洗えるようになっていたが、位置が妙に低い。奇妙な蛇口だった。

美月は四つん這いのまま、そこへと向かう。いや、ずっと勃っている健太のペニスへと向かう。

健太が蛇口を上向きにさせた。

「ここにおま×こを当てろ」

と言う。

ようやく蛇口が低い位置にある理由がわかった。これは手を洗うためではなく、女がザーメンで汚されたおま×こを洗うための蛇口なのだ。

この部屋の中は、女たちの匂いが充満している。十人の美女たちの肌から醸《かも》し出ている匂いでむせんばかりだ。

「なにをしている。はやく当てろ」

はい、とうなずき、美月は起き上がる。健太は警戒して身構えるが、美月がその気になれば、どのみち健太など一撃だ。でも倒さない。言われるまま、上向きにさせた蛇口を跨いでいく。

ちょうどいい高さにある、おま×こを洗うためだけの蛇口。

「割れ目を開け」

　と言われて、美月は自らの指で割れ目をくつろげていく。すると開かれた割れ目の中に向かって、水流が噴き上がる。

「あっ、ああぁっ、んあああぁっ」

　美月はいきなり愉悦の声をあげていた。ひんやりとした水流が、たまらなく気持ち良かった。火照《ほて》ったままの媚肉を洗われる快感に、裸体を震わせる。

「いい、いいのっ」

「ずるいっ、千里も、千里も洗いたいっ」

　と千里が檻の中から叫ぶ。冴子をはじめ、他の捕らわれた美女たちは、水流でよがっている美月を信じられないといった目で見つめる。

「あ、あああっ、あああっ」

「まさか、いくのか」

「ああ、あああっ、い、いくいくっ」

　美月ががくがくと裸体を震わせ、健太の方に倒れていった。健太があわてて、美月の裸体を支える。

「中和剤を手に入れて」

ふいに美月は健太の耳元で囁いた。

「えっ……」

「私をここから脱出させて。そうしたら、デートしましょう」

「デ、デート……」

「そうよ。おま×こだけの関係なんて、いやでしょう……。私と堂々とデートする、まっとうな関係になりたいと、思わない？」

「デ、デート……」

まったく予想外だったのか、健太は動揺している。

「中和剤、おねがい」

と言うと、美月は自らお尻の穴を蛇口に寄せていった。

尻の穴を広げると、水流が入ってくる。

「あ、ああ……うんっ」

裂けた穴を水流が直撃し、ひりりとした痛みが走る。が、それもすぐに得も言えぬ快感に変わっていく。まずい。一刻もはやく、中和剤を打たないと。

「お、俺と付き合ってくれるのですか、美月さん」

と、健太の呼び方が再び〝さん〟付けに戻った。

「あっ、ああ……それはデート次第だわ……ああ、ああっ、付き合うって確約があるほうが……はあっ、あんっ、変でしょう」

「そ、そうですね……」

ドアが開いて、迫田が入ってきた。レザーのボディスーツを手にしている。黒龍が用意したものとはまた別のものだった。翔平が言った通り、扇情的なボディスーツを着させるのが好みのようだ。

「おねがいね」

と美月は念を押し、尻の穴を蛇口からずらした。

迫田は裸のままだった。美月を目にした途端、ぐぐっと反り返っている。

美月の視線は迫田のペニスにからみついている。迫田があらわれるとすぐに、健太はジーンズを引き上げ、ペニスを隠していた。

「ああっ、迫田様っ、また、おち×ぽくださいっ」

と檻の中から千里が叫ぶ。

「これを着ろ」

と迫田が美月にレザーボディスーツを渡す。美月は言われるまま、迫田の見ている前で、裸の上からじかにボディスーツを身につけていく。

股間は超ハイレグで、ぎりぎり割れ目が隠れる程度だった。恥毛がわずかにはみ出てしまう。

くびれたウエストにぴたっとレザーが馴染み、そして、たわわな乳房にも貼り付いてくる。レザーは極薄で、乳房の形は丸わかり、そして乳首のぽつぽつがなんともセクシーに浮き出ていた。

それだけではなかった。おんなの割れ目さえ、浮き出ていた。

背後はOバックで背中は開いていた。Oバックなのは、すぐに尻の穴に入れるためだろう。

迫田が手持ちのリモコンを操作した。すると天井からふたつの鎖が降りてきた。

ジャラジャラという音を耳にしただけで、前の穴と後ろの穴がたまらなく疼いた。

これから鎖で繋がれ、憎き迫田のち×ぽで好き勝手に責められるのだと思うと、全身の細胞がざわついた。

こんな状態では反撃は無理だ。中和剤を打たないと、任務を遂行することは出来ない。中和剤を打てばパワーはなくなるが、枷《あしかせ》でもなくなる。

皮肉にも、有利に戦うための強化薬が足枷になって、美月は迫田の手に落ちて、逃れることが出来なくなっていた。

両手首に鎖に繋がれた手錠を嵌められた。鎖が上がっていくと同時に、美月の両腕も上がっていく。

「いい格好だ。やはり女の捜査官は、繋がれた格好が一番似合う」

迫田が舐めるような視線を、吊られた美月の肢体にからめてくる。その視線に、美月は感じてしまっていた。

「入れてください、迫田様」

美月が甘くかすれた声でそう言う。

ドアがノックされた。そして、ドアが開き、佐々木が顔を見せた。

「上西《うえにし》様がお越しになられました」

「そうか。入ってもらえ」

迫田がそう言うと、一人の男が入ってきた。

2

男はカジュアルなシャツにパンツ姿だった。年齢は四十代くらい、ＩＴ企業の創業者のような雰囲気を醸《かも》し出している。

「遅れてすいません。ちょっと会社でトラブルがあったもので」

と言いながら、上西は美月を見た。レザーのボディスーツ姿で吊られている美月を見ても、別に表情を変えなかった。ペニス丸出しの迫田を見ても、驚かない。

美月の肢体をじっと見た後、檻の中の女たちを見やる。

「ほう、本当に大原麗奈を用意したのですね」

上西の表情が崩れた。にやついた顔を檻に寄せていく。

「い、いや……見ないで……」

と麗奈は両腕で乳房と恥部を隠し、檻の中で下がっていく。

「あっ、こっちには高水みゆりがいるじゃないですかっ」

と上西の声が弾む。みゆりも、いやっと豊満なバストと恥部を隠して、檻の中で下がる。

「ふたり、いっしょに欲しいな。いいかな」

「もちろんですよ。このまま調教しますか。それとも、欲しがる牝にさせますか」

と迫田が聞く。かなりの上客のようだ。

「それはいいな」

「調教する時間が無駄だから、欲しがる牝がいいな」

と上西が言う。翔平が言っていた通り、調教する過程を楽しむタイプではないようだ。

「いいものを手に入れたんですよ。健太、例のやつを持って来てくれ。リビングにあるから」

はい、と健太が部屋から出て行った。

「すぐに欲しがる牝にして差し上げます。この女も、そういう牝になっているんですよ、上西さん」

と言うなり、迫田は美月の背後にまわり、尻たぼを開いてくる。すぐさま尻の穴に鎌首を当てられた。が、入れてはこない。

「あっ、どうして……ください、美月のお尻の穴に、迫田様のおち×ぽ、入れてくださいませ」

美月はねだっていた。演技ではない、心からの言葉だった。

ほう、と上西が関心を示す。

「ボディスーツが似合いますね。迫田さんの趣味でしょう」

と上西が言う。

「そうです。レザーのボディスーツが似合う牝こそ、最高ですよ」

迫田はまだ尻の穴に入れてこない。入り口を鎌首でなぞるだけだ。

欲しいっ、たまらなく、迫田のち×ぽが欲しい。あの裂かれて痛む尻の穴を、再び、裂いて欲しい。その激痛が、間違いなく未知の快感を呼ぶだろう。

その未知の快感を体験したい。

「入れてくださいっ、迫田様っ」

「健太が戻るまで、ちょっと泣かせていいですか」

と迫田が上西に聞く。どうぞ、と言われ、迫田が鎌首を尻の穴にめりこませてくる。

「裂けるっ、裂けるのっ」

「やめるか」

「いいのっ、裂けるのがいいのっ、あ、ああっ、痛い、痛いっ」

瞬く間にあぶら汗が出てくる。牝の匂いを全身から発散させる。

そんな中、迫田がぐぐっと鎌首を押し込んできた。ひいっ、と絶叫した後、

「いいっ」

と美月は叫んだ。お尻の穴から炎が噴き上がっている。愉悦の炎だ。それがめらめらと美月の全身を焼いてくる。

「いい、いいっ」

美月の歓喜の声が、監禁部屋の空気を震わせる。

ドアが開き、健太が戻ってきた。注射器を三本、アンプルを三つ手にしている。

「三本もいらないぞ」

美月の尻の穴から鎌首を抜きつつ、迫田がそう言う。

「予備です」

と言って、健太がちらりと美月を見た。

「そうか。佐々木、麗奈を出せ」

はい、と佐々木が麗奈が入っている檻に近寄り、閂を抜く。

「出てこい」

と手招くも、麗奈は檻の隅で裸体を強く抱きしめ、かぶりを振っている。

「はやく出てこいっ」

と佐々木が檻の中に手を入れる。が、届かない。佐々木は大柄で、檻の扉から中に入れない。すると注射器をテーブルに置いた健太が檻にやってきた。

いいですか、と聞き、佐々木が脇にずれると、健太が檻の扉から身体を入れていった。手を伸ばし、乳房を抱いている二の腕を掴む。

「い、いや……」

「出るんだ、麗奈さん」

健太の声が震えている。二の腕を掴んでいる手も震えていた。憧れの女優の肌に触れることが出来て、感激しているようだ。

「ごめんよ、麗奈さん。でも、出るしかないんだよ」

麗奈がうなずいた。乳房を抱いていた手を解き、健太に乳首を見せつつ、両腕を伸ばしてきた。

が、健太はその手を掴むことなく固まっていた。女優の乳首を間近で目にした感激と興奮の余り、目を見開いてぼんやりと突っ立っている。

「け、健太さ、さん……」

と麗奈が健太の名前を呼んだ。

「は、はいっ、はいっ、麗奈さんっ」

素《す》っ頓狂《とんきょう》な声をあげ、健太が麗奈の手を掴み、ぐっと引き出していった。

健太に引かれ、麗奈が檻から出てきた。豊満な乳房が誘うようにゆったりと揺れる。

麗奈にはその気はまったくないだろうが、その顔、そのからだすべてが、男を誘っていた。

すぐさま、佐々木が背後に立ち、麗奈の両腕をねじあげた。

「健太、注射を用意しろ」

と迫田が言い、はいっ、と健太がテーブルに走る。

そして、アンプルから注射器に強化剤という名の強烈な媚薬を吸い上げていく。

どうぞ、と健太が迫田に渡す。それを見て、麗奈の裸体ががくがくと震えはじめる。

「上西さん、打ってみますか」

「いいのかい、素人が打っても」

「大丈夫ですよ。覚醒剤だって、素人が自分で打っているわけですから」

覚醒剤、と聞いて、麗奈がひいっと声をあげる。

「安心しろ、麗奈。これはやばい薬じゃない。非合法どころか、合法の中の合法な薬だ。なんせ、警察が作ったものだからな」

「ほう、警察が。もしかしてボディスーツの女は捜査官ですか」

「さすが上西さん。わかりますか」

「しかし、捜査官に顔ばれして大丈夫なのですか」

と上西が心配そうな表情を浮かべる。

「もう捜査官ではありませんよ。ケツの穴にまでち×ぽを欲しがる、発情しっ放しの牝です」

そう言いながら、美月の背後に立ち、尻たぼを開く。

「ああ、入れて、ああ、おち×ぽください」

と美月は尻をうねらせておねだりする。演技ではない。演技なら、上西にすぐにばれるだろう。美月は全身で、迫田のペニスを尻の穴に欲しがっていた。

「では、私が打ってみますか」

注射器を手にすると、上西の目が輝きはじめる。

佐々木に羽交い締めにされている裸体を、麗奈がぶるぶる震わせた。

「さて、どこに打つかな」

「打ったところに、とくに強烈に効くようです。乳首を責めたいなら乳首の横に、クリを責めたいなら、クリの横に刺すのがいいですよ」

美月の尻の穴に鎌首を埋めつつ、迫田がそう言う。

「あう、ううんっ」

女優が目の前で媚薬を打たれそうだったが、美月は迫田のペニスに全身を熱くさせていた。迫田の言う通り、もう私は捜査官ではない。ち×ぽを欲しがるだけの牝だ。

「どこがいいかな」

と言いつつ、上西が麗奈の乳房に注射針を向けていく。

「い、いや……いやいや……」

「安心しろ、これは気持ちよくなる薬なんだ。それも合法だ。あの捜査官みたいになるだけだ」

と上西が言うと、麗奈は吊られてよがっている美月を見て、いやっ、と叫ぶ。

私みたいになるだけだ、と言われて安心する女なんていないだろう。

上西は麗奈の前でしゃがんだ。麗奈の陰りは薄く、すうっと通った割れ目が剝きだしだった。そこに注射針を向けていく。

「な、なにをするんですか……あ、ああ、腕に……打つなら、腕に……」

麗奈の下半身ががくがくと震え出す。注射針が剝きだしの恥部に迫るにつれ、その震えが激しくなっていく。

一方、上西の目はさらにぎらぎら輝いている。

「やっぱり、クリかな」

と言って、注射針をクリトリスに向けていく。

「いやっ！」

と叫び、麗奈が激しく下半身を動かした。クリを狙った注射針は命中せず、割れ目のサイドに突き刺さった。

それだけでも、かなりのショックを受けたのか、麗奈は注入されつつ白目を剝いた。がくっと膝を折り、そのままずるずると崩れた。

3

「みゆりにも打ちたいな」

と上西が言う。いやっ、と高水みゆりが悲鳴をあげる。

「麗奈はどうしますか。縛りますか」

と佐々木が迫田に聞く。

「そのままでいいだろう。どうせ、起きたら、ち×ぽを欲しがる牝になっているからな。そうだろう、美月」

と言いつつ、さらにペニスを尻の穴の奥までめりこませていく。

「痛いっ、お尻、裂けるのっ」

「痛いだけか」

ぐぐっと尻の穴をえぐられると、またも、歓喜の炎が噴き上がる。

「いいっ！」

美月が愉悦の声をあげる中、いやっ、と叫び続けるみゆりが檻から引きずりだされる。

「助けてっ、捜査官なんでしょうっ。どうしてよがっているのっ、ああ、市民を助けてよっ」

みゆりが泣き濡れた瞳を、尻の穴をえぐられ肉悦の声をあげている美月に向ける。

「長瀬警部補っ、しっかりしてくださいっ」

冴子が鉄格子を強く摑んで、懸命に訴えかけてくる。千里は、おち×ぽ、と言い続け、半開きの唇から涎を垂らしている。千里にはかなり強烈な副作用が出ていた。

美月が、いいっ、と叫ぶ中、上西が佐々木に羽交い締めにされているみゆりに、あらたな注射器を持って迫る。

「さて、どこに打つかな」

「ああ、締まるっ、ああ、すごく締まるぞっ」

おうっ、と迫田が吠えて、美月の尻の穴に射精させた。

「いくっ」

尻の穴で美月がいく中、上西がみゆりの乳房に注射針を向けていく。

乳首に向けると、乳輪に埋まっていた乳首が、ぷくっと芽吹いてきた。

「ほう、乳首に欲しいか、みゆり」

「助けてっ、助けてっ」

みゆりが恍惚《こうこつ》とした表情の美月に悲痛な視線を向ける。そして絶望の表情に変わった瞬間、上西が乳首の真横の乳輪に注射針を突き刺した。

「ひいっ！」

と悲鳴をあげ、みゆりはがくがくと瑞々《みずみず》しい裸体を痙攣させた。上西が媚薬を乳輪から注入する。みゆりは失神はしなかった。あわあわと唇を動かしている。

迫田のペニスが、美月の尻の穴から抜けた。

「ほう、気を失わないとは」

迫田の興味が、みゆりに向かう。

その隙《すき》をついて、健太が美月の背後にまわってきた。次の瞬間、美月はザーメンがにじむ尻の穴にチクリとした痛みを覚えた。

「はあっ、ああ……」

媚薬を乳輪から注入されたみゆりが、はやくも火の息を吐きはじめる。

上西がとがった乳首をぴんと弾いた。すると、

「いいっ！」

とみゆりが叫んだのだ。

「これはすごい」

興奮した上西がぴんぴんとみゆりの乳首を弾く。

「いい、いいっ……」

羽交い締めにされている裸体をさらに痙攣させる。

健太が美月の尻から離れた。尻の穴から中和剤を注入された美月の頭から、淫らな靄が晴れていく。

おま×こと尻の穴の疼きがすうっと消えて、本来の自分を取りもどしていた。

上西はみゆりの乳首を弾き続け、敏感すぎる反応を見せるみゆりに、迫田も見入っている。

美月は吊られているからだを動かしはじめた。足で宙を漕ぎ、前後にからだを動かしはじめる。

鎖がじゃらりと鳴り、佐々木が気づいた。

「迫田様っ」

と叫んだ時には、美月のからだは大きく前後に動き、そして、足の先が迫田のうなじにヒットした。

ぐえっ、とうめき、迫田が顔面から倒れていく。

それを見て、上西が目を見開いた。

「な、なんだっ、これはっ」

「健太っ、鍵っ、迫田から鍵を取るのよっ」

吊られたからだをなおも前後に揺らしつつ、美月が叫ぶ。

「迫田様っ！」

佐々木はみゆりから手を離し、床に倒れ込んだ迫田を助け起こそうとして、膝立ちとなる。その側面めがけ、美月はからだを大きく振った。

ぐいんっと足の先が伸びて、佐々木の横顔に向かう。直前で気づいた佐々木が、間一髪で避けた。

美月はじゃらじゃらと鎖を鳴らし、さらに吊られたからだを大きく振って、佐々木に蹴りを見舞っていく。

「このアマっ」

と佐々木が美月の両足を摑んできた。その間に、健太が倒れた迫田のシャツのポケットを探る。

美月は下半身のバネを利かせ、佐々木の太い腕から足を抜く。そしてすぐさま、右足を大きく上げて、佐々木の額に踵を落としていく。

佐々木がぎりぎり両手で踵を受け止めた。美月は右足の踵が受け止められる前に、左足を始動させていた。

踵を受け止めた佐々木の横顔に左足の先をヒットさせる。

「ぐえっ」

佐々木がよろめいた。それを見て、右足を再び上げて、踵を額に落とした。

今度は見事炸裂した。ぎゃあっ、と佐々木がひっくり返った。

「美月さんっ、鍵っ」

「はやく手錠を外して」

はいっと健太は丸テーブルを美月のそばまで運ぶと、それに乗り、手錠を外した。

美月が自由になった時には、上西の姿は消えていた。

「健太、檻をすべて開けてっ」

そう命じると、美月は迫田に近寄った。髪を摑み頭を引き上げると、ぱんっとビンタを見舞った。

するとと迫田が目を覚ました。美月は迫田を仰向けにさせる。

「み、美月……」

「性懲《しょうこ》りもなく、女を売って稼いでいるようだな、迫田」

「美月、ち×ぽ欲しいだろうっ。ち×ぽ入れてやるぞっ」

「そう。入れたいの」

「あ、ああ、入れてやる。ほらっ、尻を出せ」

「このち×ぽが尻の穴に入るかな」

美月の視線が、迫田の股間に向かう。迫田もつられて、自分の股間を見る。

「ああ……」

迫田のペニスは縮みきっていた。

「う、うそだろうっ」

「これはなにかしら。これで私をよがらせられるの？　支配出来るのかしら」

そう言って、ぴんっと縮みきったペニスを指で弾く。

「待ってくれっ、すぐに大きくさせるっ。そうだ。しゃぶってくれっ、しゃぶってくれれば、すぐに大きくなる」

「私にこの情けないち×ぽをしゃぶれって言うのかしら、迫田」

まわりでは、檻から出た裸の女たちが部屋から逃げていく。が、迫田にはまったく目に入っていない。あせった顔で、縮みきったままのペニスを見ている。

「待てっ、すぐに大きくさせるっ」

と言うと、自らの手でペニスをしごきはじめた。

「おち×ぽっ」

と檻から出た千里が、健太に抱きついていった。がすぐに、すでに檻から出ている冴子にうなじを打たれ、崩れていった。

「千里にも中和剤を打って、健太っ」

はいっ、と健太が出て行く。

「中和剤？　そういうことかっ。あの野郎が裏切ったのかっ。もしかして黒龍は、俺の組織を乗っ取るつもりかっ」

と迫田が叫び、それには美月も合点がいく思いだった。翔太が強化剤という名の強力な媚薬と共に、中和剤も置いていき、健太まで進呈したのは、こうして健太の手で美月が復活するところまで読んでいたのか……。

いや、そこまで確信がなくとも、可能性を残すために健太を置いていったのかもしれない。美月は健太を男にした相手だ。黒龍よりも美月を選ぶことを期待したのかもしれない。

そうなると、これは翔平の思い通りの流れなのか。

「おまえも、翔平の仲間なんだなっ。翔平のち×ぽにやられて、翔平の女になったのかっ」

「私は誰のものにもならないっ」

と言うと、美月は迫田のペニスを摑んだ。ぐいぐいしごき、美貌を迫田の顔面に寄せていく。

「あ、ああ……美月……」

キスするのと思ったのか、迫田が間抜けな顔を晒している。

美月は迫田の口に唇を重ねた。舌をぬらりと入れる。すると、迫田は喜々とした顔で、女捜査官の舌を吸ってくる。

すると、ずっと縮みきったままだったペニスが、にわかに力を帯びてきた。

「うんっ、うっんっ」

迫田と貪るようなキスをしつつ、美月はペニスをしごいていく。

「長瀬警部補……」

冴子が信じられないといった声をあげている。

ペニスがびんびんになった。

「ああ、美月、尻の穴に欲しいのだろう。俺のち×ぽを尻の穴に欲しくて、大きくさせたんだろう」

「残念ながら、違うわ。折るために、大きくさせたのよ」

と言うなり、美月が見事な勃起を取りもどしたペニスを渾身《こんしん》の力で折った。

「ぎゃあっ！」

迫田は絶叫し、泡を噴きつつ、白目を剝いた。

4

数日後。刑務所の面会室に、美月は入った。

ガラスの向こうには健太がいた。美月を見て、感激の表情を浮かべる。

美月はここでの囚人の姿でいた。極薄のスポーツブラに極薄のスポーツパンティだ。

美月はすぐに椅子に座らず、立ったままで、しばらく、その肢体を存分に健太に見せてあげた。ご褒美だ。

健太は惚《ほう》けたような顔で、バストの形も乳首のぽつぽつも、そしておんなの割れ目の形さえ浮き上がらせている囚人服姿を見ていた。

美月が座ると、

「本当にムショにいるんですね」

と健太が言った。

「そうよ。あと三年残っているわ」

今回の仕事で、刑期は一年減らされていた。

美月の手でペニスを折られた迫田はショック死をしていた。そして、迫田という支柱を失い、指揮系統が乱れた組織は、あっという間に黒龍に乗っ取られていた。

迫田を葬ることは出来たが、人身売買組織は残ったというわけだ。

迫田の死も迫田の組織が黒龍に乗っ取られたことも、まったく表沙汰にはなっていない。

攫われ、売られようとしていた女優やグラビアアイドルたちは、今は仕事に復帰している。皆、病気から快癒したということになっていた。

美月の顔や、大原麗奈たちが監禁されていたことを知っている上西には、美月がじかに口止めをしていた。

迫田のアジトを壊滅した翌日には、特別捜査班が上西の行動を把握《はあく》していた。

上西は週に三回会員制の高級ジムに通っていた。そこにはプールがあり、いつも上西は泳いでいた。

　そこを昨晩、美月は訪ねていた。

　美月がプールサイドに立った時には、三人の会員がゆったりと泳いでいた。

　美月は紺の競泳水着を着ていた。超ハイレグだ。わずかでも布がずれれば、割れ目がはみ出そうだった。

　美月はプールに入ると、ゆっくりと歩きはじめた。上西はクロールで泳いでいた。

　美月が上西に迫った時には、ふたりだけになっていた。

　クロールで泳いでいた上西が、邪魔するように立つ美月を見て、泳ぎを止めた。

「誰かな」

　美月は白のキャップを被っていた。にわかには、あの時の吊られていた女捜査官だとはわからなかったようだ。

「迫田に尻の穴の処女を奪われた女です」

　と美月はクールな表情のまま、そう言った。

「あっ、あんたは……」

　美月はぐっと迫り、こんばんは、と言った。

「忘れるよっ。誰にも、なにも言わないよっ。だから、あのことはなかったことにしてくれっ」

上西自身、女優を買おうとしていた負い目があるのだ。

これは口止めするのは簡単だった。が、念には念がいる。

「なかったことに出来ますか」

「出来るよっ。これが表沙汰になったら、俺もやばいんだっ」

「そうですね」

美月は澄んだ美しい黒目で、じっと上西を見つめている。

「迫田はどうなったんだ」

「さあ」

「そうか。知らない方がいいか」

上西は美月から離れようとする。

美月は上西の股間に手を伸ばし、水着越しにペニスを摑んだ。

「教えてあげますよ」

ペニスを揉み揉みしつつ、美月は息がかかるほどそばに白い美貌を寄せていく。

「い、いや、いい……知りたくない……俺はなにも知らないんだ」

競泳水着の下で、上西のペニスが反応を見せはじめていた。

美月は競泳水着に手を掛けると、ぐっと下げていった。プールの中でペニスが露わとなる。

「な、なにをする……」

美月はペニスをじかに摑むと、上西の唇の横をぺろりと舐めた。するとぴくっとペニスが動き、一気に半勃《はんだ》ちにまでなった。

それをしごきつつ、

「こうやって大きくさせた後……」

「な、なんだ、大きくさせた後、どうした……」

「折りました」

と言って、美月は七分まで勃起したペニスを曲げていった。

上西はひいっと叫び、足を滑らせた。水の中に沈んでいく。

すぐに水から顔を出してきた上西に、

「ショック死しました」

と言うと、上西は、ひいっとまたも悲鳴をあげて、足を滑らせた。

「これがデートですか、美月さん」

面会室のガラス越しに美月を見ながら、健太が不満そうな表情を見せる。

「だって仕方がないでしょう」

「そうですけど……」

「でも、安心して。健太の活躍には、上司も感謝しているの。だから、特別よ」

と言うと、ふたりの間を隔てているガラスが下がっていった。

「えっ、なにっ」

美月は身を乗りだすと、目を丸くさせている健太のあごを摘まみ、美貌を寄せていった。

唇を重ねていく。

すると、健太が、ひいっと声をあげた。まさか、刑務所の面会室で囚人の美月とキス出来るなんて、想像もしていなかったのだろう。

美月は舌を入れて、健太の舌にからめていく。

すると健太からからめてきた。うんうんうなりつつ、美月の舌を貪ってくる。

美月は唇を引くと、

「キスだけでいいのかしら」

と聞く。

「えっ、い、いや、ここ面会室ですよね」

「そうよ。だから、興奮するでしょう」

「い、いや、そ、そうかもしれませんけど」

「じゃあ、これでデートも終わりでいいの」

「だめですっ」

と叫ぶと、健太が身を乗りだしてきた。極薄のスポーツブラに手を伸ばしてくる。むんずと摑んできた。

「あんっ……」

びりりっとせつない刺激が走る。もちろん、注射は打っていないが、食べ物の中に、媚薬効果があるものを仕込まれているはずだった。

「ああ、美月さんっ、好きですっ。大好きですっ」

健太が鼻息を荒くさせて、薄いブラ越しに、乳房を揉みこんでくる。

「はあっ、ああ……」

乳首がぷくっととがり、じんじん痺れてくる。

美月は健太の手から逃れるように下がっていく。すると、美月さんっ、と叫びつつ、健太が境界線を越えて、こちらに乗り込んできた。

ブラを摑むと、ぐっと引き下げる。たわわな乳房がぷるるんっとあらわれる。

「ああっ、おっぱいっ、美月さんのおっぱいっ」

健太が乳房に顔面を押しつけてきた。ぐりぐりとこすりつけてくる。とがりきった乳首が顔面で押しつぶされ、快美な電気が走る。

「はあっ、あんっ」

注射は打っていないが、立て続けに強化薬を打たれ、男たちに犯されてきたことでかなり感度が上がっている。面会室での愛撫はかなり興奮した。

健太は乳房から顔を引くと、その場にしゃがんだ。そしてすぐさま、極薄パンティを引き下げ、今度は美月の恥部に顔面を押しつけてきた。

額でクリトリスを押しつぶし、鼻を割れ目の中にめりこませてくる。

「はあっ、ああ……健太……」

なぜか、健太の顔面を恥部に受けると、とても感じる。注射は打っていないが、打っているみたいにからだがぞくぞくする。

健太が顔を引き上げた。割れ目をくつろげる。

「ああ、おま×こっ、美月さんのおま×こっ」

そう叫ぶと、舌を出し、おんなの粘膜を舐めはじめる。

「あっ、ああ……」

美月は健太の後頭部を押さえ、自分からも強く押しつけていく。舌がおんなの穴の奥まで入ってくる。

前の穴を舐められていると、後ろの穴もむずむずしてくる。無性に舐められたくなる。

「ああ、お尻もおねがい」

そう言うと、健太が前の穴から舌を引いた。すでに口のまわりが愛液でべとべとになっている。

「エッチな顔になっているわ、健太」

「あ、ああ、美月さんっ」

健太は鼻息をさらに荒くさせている。美月がお尻を向ける前に、自分から、美月の臀部にまわり、尻たぼをぐっと開いてくる。

「お尻っ、ああ、お尻の穴、綺麗ですっ」

そう叫ぶと、今度は尻の狭間に顔面をめりこませてくる。尻の穴に息を感じた。それだけで、

「はあっんっ」

と甘い声をあげてしまう。健太以上に、美月のからだは昂ぶっていた。尻の穴をぞろりと舐められる。

「あっ、ああっ」

美月の尻の穴がひくひくと動く。健太の舌を締めていく。

「うう、ううっ」

健太はうめきつつも、舌を前後に動かしてくる。と同時に、右手を前に伸ばしてクリトリスを摘まんできた。ひねってくる。

「いいっ！」

クリトリスから歓喜の火花が噴き上がり、美月は声をあげていた。ぶるぶると双臀を震わせ、さらに、尻の穴で健太の舌を締め上げる。

「う、ううっ」

健太はうめきつつも、尻の穴の奥まで舌を入れようとする。りっぱな舐めダルマだ。そうだ。今日だけじゃなくて、ちょくちょく面会に来てもらって、健太に舐めダルマになってもらおう。

「おま×こも、ああっ、いじって」

ううっ、と声がして、左手も前へと伸びてきた。いきなり二本の指を入れてくる。

そして、媚肉を搔き回してくる。

「いい、いいっ」

おち×ぽが欲しくなる。がんがん突いて貰《もら》いたくなる。

「ああ、入れてっ、おち×ぽ入れてっ」

と美月は叫ぶ。尻から顔を引いた健太が、

「今、何かの注射を打っているんですか」

と聞いてくる。

「いいえ、打ってないわ。素面《しらふ》よ」

「そうなんですかっ。じゃあ素面で、俺のち×ぽが欲しいんですか！」

健太は目を輝かせて前のめりになる。

「欲しいわ。健太のち×ぽ、相性がいいのよ」

「ああ、美月さんっ」

はやくも健太は感激のあまり泣いていた。泣きながら、ジーンズをブリーフといっしょに下げていった。

するとと弾けるように、びんびんのペニスがあらわれた。刑務所の面会室で見る勃起したペニスは、また格別だった。

「ああ、いいわ……」

美月はその場にひざまずいていた。入れてもらう前に、しゃぶりたくなったのだ。見事に反り返ったペニスに、頬をこすりつけていく。

「あ、ああ……美月さん……」

こすりつけながら、見上げると、我慢汁がどろりと出てきた。

「ああ、綺麗です、ああ、綺麗です、美月さん……俺なんかと素面でエッチなんて……いいんですか」

「いいわ。デートでしょう。デートでは素面でエッチするんでしょう」

「素面でエッチしますっ」

美月は舌を出すと、どろりと出ている我慢汁を舐めていく。舐めても舐めても、あらたな汁が出てくる。

美月は唇を開くと、ぱくっと鎌首を咥えた。くびれからじゅるっと吸い、そして、唇を下げていく。

「あ、ああ……美月さん……」

健太は腰を震わせている。童貞じゃないのに、初めてのエッチのように見える。

ペニスの根元まで咥えると、見上げながら、吸い上げていく。

「あ、あああっ、あああっ、それ、いい、それいいですっ、美月さんっ」

フェラだけでいきそうな予感を覚え、美月は唇を引いた。鼻先でペニスが跳ねる。

美月は立ち上がると、ペニスを掴み、真正面から割れ目に当てていく。

「入れて、健太」

「はいっ、美月さんっ」

健太は泣き顔のまま、ずぶりとえぐってくる。

「ああっ、硬いっ、すごく、あああっ、硬いの」

「熱いです、美月さんっ、ああ、おま×こ、すごく締めてきますっ」

うんうんうなりつつも、健太は奥まで突き刺してきた。

が、そのままじっとしている。

「突いて、健太」

「ああ、ちょっと待ってください」

「出していいわよ。一発で出していいわよ」

「そんな……勝手に出して、いいんですか」

「デートでしょう。いいわよ」

「デートですっ」

とにかく、健太はデートという言葉に反応した。動かさなくても、デートでしょう、という言葉を聞いただけで、暴発させそうになっていた。

「勝手にいかせてもらいますっ。ごめんなさいっ」

と最初から謝りながら、健太が抜き差しをはじめた。即、出していいと言われたからか、最初から力強く突いてきた。

「ああっ、いい、いいわっ、健太」

「ああっ、美月さんっ」

健太のペニスが、美月の中ではやくも膨張《ぼうちょう》した。そして、次の瞬間、爆《は》ぜた。

凄まじい勢いで、ザーメンが美月の子宮に襲いかかってきた。

「あっ、いく……」

美月はいっていた。数回ペニスが前後しただけだったが、いっていた。

「ああ、うれしいですっ、美月さんっ」

美月は火の息を吐きつつ、健太の口を唇で塞いでいく。ぬらりと舌を入れると、脈動の勢いが増した。どくどく、どくっ、と勢いを衰えさせることなく、子宮にぶちまけてくる。

「うう、ううっ」

美月は、健太の喉に向かって、いくっ、いくっ、と声をあげていた。

「うんっ、ううう、うんっ」

健太も美月の舌を貪りながら、腰を前後に動かし続ける。脈動が止まった。勃起力が衰えていく。

5

美月は股間を引くと、再び、その場にしゃがんだ。そして、ザーメンまみれのペニスにしゃぶりついていく。

「ああっ、美月さんっ」

出したばかりのペニスを強く吸われ、健太がくすぐったそうに腰をうねらせる。

美月は根元から強く吸いつつ、右手を臀部に伸ばした。肛門をくすぐってやる。

「あっ、それっ」

美月の口の中で萎えかけていたペニスが、はやくも力を取りもどしていく。

「うんっ、うんっ、うっんっ」

根元から貪り食らいつつ、肛門をなぞっていると、鋼の勃起を取りもどした。

美月は唇を引くと、面会室で四つん這いになった。

「ああ、美月さんっ」

感嘆の声をあげる健太に向かって、ぷりっと張ったヒップを差し上げていく。

「今度は後ろの穴にちょうだい」

「はいっ、喜んでっ」

健太が尻たぼをぐっと開き、鎌首を尻の穴に当ててきた。

尻の穴の入り口に感じるだけで、ぞくぞくしてくる。やはり、ここが面会室というのが大きかった。ドアの向こうでは、看守の二人が聞き耳を立てているはずだ。

もっとよがり声を聞かせてやろう。

鎌首が尻の穴を裂くように入ってきた。

「あっ、い、痛い……」

「大丈夫ですか」

「いいの……そのまま入れて」

注射を打たれていた時は、痛みがすぐに未知の快感に変わったが、素面のままだと痛いだけだった。でも、この痛さに感じていた。

「ああ、きついです。すごく締まります」

「もっと奥まで」

はい、と健太が鎌首を尻の穴にめりこませてくる。

「あうっ、裂けるっ、お尻、裂けるのっ」

そう叫ぶと、ドアが開いた。

「なにをしているっ」

と入ってきた看守は、ふたりともズボンとトランクスを下げて、ペニスを露わにさせていた。どうやら、美月のよがり声を聞きながら、しごいていたようだ。

が、お尻が裂けると聞いて、尋常じゃないものを感じたのだろう。

看守たちが入ってきても、美月は四つん這いの姿勢を崩さなかった。健太も鎌首をめりこませたままだ。なかなか肝《きも》が据わってきたじゃないの、健太。

「ああっ、裂けるっ」

「お、おまえ、どこに入れているんだっ」

「ケツの穴です」

と健太が答える。

「やめろっ、裂けると叫んでいるじゃないかっ」

「やめなくていいわ……ああ、気持ちいいの、ああ、お尻がじんじん痺れるの」

美月は美貌を上げて、ふたりの看守を見る。

「あら、ふたりとも、りっぱなものをお持ちじゃないの」

と言うと、スキンヘッドの看守と小太りの看守は、あわててトランクスを引き上げようとする。

「いいのよ。しごいて。溜まっているんでしょう」

健太が鎌首を動かしはじめた。

「ああっ、裂けるっ、お尻、裂けるっ……」

裂けたと感じた瞬間、激痛が一気に快感に変わった。

「いい、いいっ、お尻、いいのっ」

「おいっ、痛くないのかっ」

とスキンヘッドの看守が聞く。

「いいのっ、ああ、お尻いいのっ、あ、ああっ、おま×こにも欲しいわっ」

美月は看守たちの反り返ったペニスを見つめつつ、そう言う。

「えっ……こいつが欲しいのか」

と小太りの看守が目の色を変える。

「ああ、ああっ、前と後ろ、ふたついっしょに塞がれたいのっ」

「ふたつ、いっしょに……」

スキンヘッドと小太りの看守がお互いの顔を見る。

「おいっ、おまえっ、五号の尻の穴から抜け」

とスキンヘッドが言った。

「五号って、誰だいっ」

尻の穴をえぐりつつ、健太が聞く。顔面を真っ赤にさせている。

「おまえが尻の穴に入れている囚人だ」

と小太りが言う。ふたりのペニスとも、入れられるかも、とひくひく動いている。

「この女性は、美月さんだっ。五号なんかじゃないぞっ」

「ああ、前にも入れてっ、前も欲しいの」

と美月が言い、スキンヘッドが前に出ようとしたが、それを制するように、尻の穴からペニスを引き抜いた健太が、すぐさま、下の穴に入れてきた。

「ひいっ」

一撃で、美月は絶叫していた。尻の穴を責められることで、前の穴の感度がより上がっていた。

健太は尻たぼを掴み、看守たちに見せつけるように、ずぼずぼと美月の媚肉を突いてくる。

「いい、いいっ、いいっ」

美月は長い髪を振り乱し、よがり泣く。白い裸体は汗まみれになり、面会室は牝の匂いでむんむんしている。

「美月さんの穴は前も後ろも俺のものだっ。それに、今日はデートなんだよっ。初デートなんだっ。生まれて初めてのデートなんだよ。邪魔するなっ」

健太は看守たちをにらみつけ、そして、前の穴からペニスを抜くと、愛液でどろどろのペニスを尻穴に入れていく。

「あ、ああっ、すごいわっ、健太っ」

「ああ、美月さんっ」

健太はずずずっと尻の穴をえぐると、すぐに引いて、女陰に入れてくる。

「いい、いいっ」

数回おんなの穴を突くと、すぐさま、尻穴に入れてくる。

「すごいわっ、健太。おち×ぽ、健太のだけでいいわっ」

美月がそう叫ぶと、ふたりの看守は失望の色を浮かべたが、息を呑んでそばに立っている。ペニスは天を突いたままだ。

「ああ、また出そうだっ」

「いっしょに、いきましょうっ、健太っ」

「どっちの穴がいいのっ」

「どっちでも健太の好きな穴でいってっ」

「ああ、どっちがいいかなっ、ああ、じゃあ、ケツの穴でっ」

と言うと、尻の穴に入れたまま、健太が吠えた。

尻の穴でペニスが脈動し、あらたなザーメンが注ぎ込まれる。

「あっ……い、いく……」

美月は四つん這いの裸体をがくがくと痙攣させ、いまわの声をあげた。

するとスキンヘッドが、我慢の限界を迎えた。

どけっ、と腰を震わせている健太を押しやる。尻の穴から脈動するペニスが抜け、尻たぼに熱いザーメンがかかる。

スキンヘッドが美月の尻たぼを摑んできた。

「やめろっ、美月さんの穴は俺だけの穴なんだっ」

と健太がスキンヘッドに摑み掛けるが、入れたい一心の看守のパンチを顔面に受けて、吹っ飛んだ。

スキンヘッドが入れようとすると、なにするのっ、と美月が尻を下げていく。

「入れさせろっ、五号っ」

と叫び、スキンヘッドがぱんぱんっと尻たぼを張り、引き上げようとする。

美月は床でぐるりと一回転すると、立ち上がりざまに、スキンヘッドの股間に蹴りを見舞った。蹴りはふぐりを直撃し、

「ぎゃあっ」

と絶叫しつつ、スキンヘッドは口から泡を噴いて前のめりに倒れ伏した。

そうして立ち上がった美月と目があうと、小太りはひいいっと叫んで尻もちをついた。

6

長瀬美月は目を覚ました。

天井が目に入ってくる。自宅の天井ではない。見慣れた独房の天井だ。

起き上がると布団を折り畳み、独房の隅に置く。すると、ブザーが鳴った。

素早く扉の前に立つ。薄手のスポーツブラと薄手のパンティだけの姿だ。

「五号」

と声が掛かる。

「はいっ」

と返事をする。すると扉が開いた。

看守がふたり立っていた。見馴れた小太りと見慣れぬ男。新人か。

「スキンヘッドは？」

と美月が聞いた。

「口を利くなっ」

と小太りが叫んだ。

美月は鋭く足を上げ、蹴上げるフリをした。

小太りの看守がひいっと腰を引く。

「郷田《ごうだ》さんっ、大丈夫ですかっ」

と新人の男が驚きの目を小太りに向け、そして美月を睨《にら》んだ。

「手錠を嵌めろっ」

床に不様に転げたまま、小太りが新人に命じた。

「手を」

と新人が言った。

美月が両手を出すと、ほっそりとした手首にがちゃりと手錠が嵌められる。

「歩け」

と小太りの看守が命じる。声が震えていた。

美月が廊下を先に歩く。その後を、ふたりの看守がついてくる。

パンティが貼り付くヒップに、痛いくらいの視線を感じる。新人と小太りの視線だ。

「あのスキンヘッドの男は、休職かしら」

と美月は聞いてみた。

「口を利くなっ」

とまた、小太りが言った。美月は立ち止まり、振り返った。すると、小太りの看守は息を呑んで、前を隠すようにしゃがみこんでしまう。

「郷田《ごうだ》さんっ、大丈夫ですかっ」

新人が慌てて肩を揺する。

美月は前に向き直ると、すらりと伸びた足を運び、廊下を浴室へと向かった。


（了）

※本作品はフィクションです。作品内に登場する
団体、人物、地域等は実在のものとは関係ありません。

女囚捜査官《じょしゅうそうさかん》　―強制発情される肉体―

〈書き下ろし長編官能小説〉

2022年5月16日初版第一刷発行

著者……………………………………………八神淳一

デザイン………………………………………小林厚二

発行人…………………………………………後藤明信

発行所……………………………………株式会社竹書房

〒102-0075　東京都千代田区三番町8-1

三番町東急ビル6F

email：info@takeshobo.co.jp

竹書房ホームページ　http://www.takeshobo.co.jp

印刷所…………………………………中央精版印刷株式会社

好評既刊

長編官能小説
人妻ゆうわく相談室
多加羽亮 著

メンタルクリニックを開業した男は、人妻たちの心の悩みを訊くうちにカラダも癒してほしいと迫られて…!?

770円

長編官能小説
孕ませ里の叔母
伊吹功二 著

叔母に筆下ろししてもらった青年は、さらに彼女の地元の淫らな奇習によって熟れ美女ハーレムを味わう…!

770円

次回刊行案内

長編官能小説
肉欲の種付け商店街
葉原 鉄

鬼才の描く誘惑と快楽の熟女ロマン!
2022年5月16日発売予定!!

商店街の美熟女たちに誘惑され、ハーレムな日々を…

770円